럭키,
스트라이크

럭키, 스트라이크

초판 1쇄 인쇄 · 2022년 12월 18일
초판 1쇄 발행 · 2022년 12월 24일

지은이 · 이청
펴낸이 · 한봉숙
펴낸곳 · 푸른사상사

주간 · 맹문재 | 편집 · 지순이 | 교정 · 김수란, 노현정 | 마케팅 · 한정규
등록 · 1999년 7월 8일 제2-2876호
주소 · 경기도 파주시 회동길 337-16 푸른사상사
대표전화 · 031) 955-9111(2) | 팩시밀리 · 031) 955-9114
이메일 · prun21c@hanmail.net
홈페이지 · http://www.prun21c.com

ⓒ 이청, 2022

ISBN 979-11-308-2001-9   03810
값 16,500원

42
푸른사상
소설선

럭키,
스트라이크

이 청 소 설 집

푸른사상
PRUNSASANG

헤아려보니, 부끄럽게도, 여기에 모은 소설은 2009년부터 2014년 사이에 초고를 쓴 것들이었다. 2016년에 등단을 하고 그 후에도 미적미적 고치다 말다 다시 쓰다, 새로 쓰다 지지부진하게 시간을 보냈으니 참으로 게으르고 방만했다. 가끔 어둠 속에서 물끄러미 누군가 나를 보고 있다고 느꼈는데 그것의 실체를 이제야 알겠다. 현실의 나는 이미 2022년에 와 있는데 매조지 못한 시간과 마음이 그대로 남아 나를 빤히 바라보고 있었던 것이다. 이제 이 책으로 그 시간과 마음을 보내줄 수 있을 것 같다. 아무 이유 없이 쓰고 싶어서 썼고, 써야 한다는 절실한 마음으로 썼다. 앞으로도 현실과 시간차를 두고 느릿느릿 쫓아가는 미욱한 글을 쓰며 살 것 같아 불안하다. 그러나 불안의 징조인 이 책을 얻게 돼 이 순간만은 그저 기쁘고 감사하다.

2022년 11월에
이 청

작가의 말 5

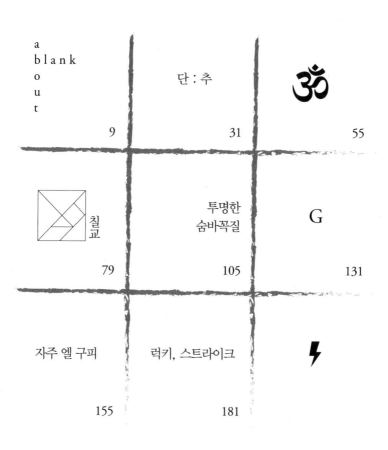

about
a
blank

1.

글자를 넣는 칸은 흰색 그리고 글자를 넣지 않는 칸은 검은색이다. 세로 또는 가로의 글자는 어디선가 교차한다. 따라서 어떤 단어가 잘 풀리지 않는다 해도 교차하는 다른 글자가 실마리가 되어 해답을 얻을 가능성이 있다.

당신은 볼펜을 오른손에 쥐었다 왼손에 쥐었다 고개를 뒤로 젖혔다 앞으로 숙였다 하며 생각나지 않는 그 단어를, 입속에 맴돌면서도 확실하게 소환되지는 않는 언어를 찾기 위해 골몰하고 있다. 나는 그런 당신을 바라보며 당신이 떠올리지 못하는 글자들을 조용히 생각한다. 〈가로〉 ⑫ 거울을 쪼개 가졌다는 데서 유래한 말. 〈세로〉 ⑬ 극히 짧은 시간.

나는 알약을 삼키듯 간단하게 낱말들을 삼키고 침묵한다. 당신은 못 찾은 것인지 안 찾은 것인지 크로스 워드 퍼즐의 빈칸을 남겨둔 채 숨은그림찾기 페이지로 넘어간다. 십 층 넘게 쌓아 올린 샌드위치가 그려진 조잡한 그림 속에는 네잎클로버와 열쇠, 고추, 모자, 반지, 엽서, 칼, 생쥐와 오리가 숨어 있다. 당신은 몇 가지는 간단히 찾아 동그라미를 친다. 그러나 두 가지 그림은 끝내 찾아내지 못한다. 당신이 찾지 못한 것은 고추와 칼이다. 당신은 유독 길고 얇고 날카로운 모양을 잘 찾지 못한다. 오리나 모자, 운동화나 돛단배 등은 당신의 눈에 쉽게 띄지만 바늘이라든지 바나나, 지팡이, 연필과 같은 것들은 끝까지 발견되지 못하기 일쑤다.

찾지 못한 고추와 칼을 포기하고 당신은 다시 숫자 퍼즐로 옮겨간다. 동그라미가 쳐지지 않은 숨은 그림들을 보며 나는 쉬운 문제를 풀지 못하는 아이에게 설명하듯 조목조목 알려주고 싶다. 하지만 당신이 나에게 그런 기회를 줄 리 없다. 여보, 고추는 맨 아래 접시의 오른쪽 부분에 있고 칼은 세 번째와 네 번째 빵 사이에 옆으로 길게 누워 있어. 성대를 울리며 입 밖으로 나오지 못한 말이 반대 방향으로 질주해 배꼽께서 찌르르 울린다. 그런 내 옆에서 당신의 눈은 여전히 편의점에서 판매하는 퍼즐 책자에 붙박여 있다. 눈앞의 네모 칸들을 글자와 숫자로 채우는 일만이 이 무거운 시간을 견디는 유일한 길이라고 생각하는 사람처럼.

나는 잘못된 문제의 답을 구하려는 무모함을 포기한다. 당신의 손 안에 놓인 위아래로 정렬된 퀴즈는 세상에 없는 낱말을 요구한다. 그 것은 이것일 수도 저것일 수도 있는 답을 오로지 하나의 정의로만 일 축하는 무자비한 방식이다. 당신은 지금 그 흰색 칸들을 검은 글자들 로 채우는 행위로 당신의 이기심을 나에게 전시하고 있다.

2.

〈임신과 육아의 모든 것〉이라는 이름을 붙인 인터넷 카페는 수많은 예비 엄마들이 모여 몸의 이상 징후를 세세히 고백하고 그것이 자신만 의 특별한 징후가 아님을 확인받고 안도하는 공간이다. 또는 아이를 갓 낳은 초보 엄마들이 내 아이가 남의 아이에게 뒤질까 염려하며 단 며칠, 몇 개월의 차이에도 전전긍긍하며 해결할 방법을 찾느라 조바 심하는 곳이다. 그 속에서 나는 갖지 못한 징후를 부러워하며 나 역시 그렇게 되겠지, 나는 미리 조심해 내 아이에게 해가 되지 않도록 철저 히 준비해야지 다짐하고 또 다짐하며 글들을 꼼꼼히 읽는다.

나는 잠재된 모성만으로도 알 수 없는 아이에게 다정할 수 있었 다. 나는 아이를 갖기를 바라면서 작은 물건들을 만들고 모으며, 아이 가 태어나면 그리고 돌이 되어 걷기 시작하면, 말을 시작하면, 유치원 에 가고 학교에 들어가면, 할 일들을 준비했다. 특히, 나는 많은 이야 기들을 준비했다. 엄마는 수다쟁이가 되어야 한다는데 혹시 아이에게 들려줄 이야기가 떨어지면 어쩌나 걱정하며 그 책을 읽으려면 아직도 면, 어떤 미지의 아이를 위해 전래동화와 창작동화, 명작동화와 자연에 관한 책들을 열심히 사들여 읽었다. 그러나 내가 기다리던 아이는 끝내 오지 않았고, 긴긴 이야기만 남았다. 애야, 엄마의 이야기를 들어볼래? 옛날옛날에…….

자신을 예비 엄마라는 테두리에 가두고 없는 아이를 상상하는 나를 보며 당신이 때로 나의 뜻대로 아이를 생각하는 척해준다는 것을 안다. 그러나 나의 비현실을 두려워하며 어서 이 기대가 막을 내리기를 기다리며 견디고 있다는 것도 안다. 아무도 더는 나에게 아이를 강요하지 않는데도 나는 의사가 점친 아주 희박한 가능성을 믿고 더 높은 가능성을 포기하지 않기로 결심했다. 당신은 나의 상상들이 점점 커져 현실의 경계를 위협한다고 생각하는 듯했다. 위험한 나를 지켜보는 당신의 괴로움은 곧 나와 당신 사이의 침묵으로 이어졌다. 나의 다짐이나 기대가 쉽게 체념과 우울로 변하곤 했던 것처럼 나에 대한 당신의 안쓰러움은 곧 외면으로 변했다.

인터넷 카페의 글들은 대체로 짧다. 양이 적은 조각 케이크와 같이 아쉬움을 남긴다. 아쉬운 마음에 클릭에 클릭을 거듭하다 보면 종종 랙(lag)에 걸린다. 작업 표시줄에는 about : blank라는 신호만 남아 있다. 그럴 때 하얀 바탕 화면은 정지 상태이지만 무언가 숨기고 있는 것처럼 보인다. 모든 빛을 빨아들여 흰색으로 토해놓은 화면을 보고 있으면 그 앞에 앉은 나조차 작동을 멈춘 기계처럼 멍해진다. 랙에 걸려 멈춘 상태에서는 절대로 앞으로는 이동할 수 없고, 뒤로만 갈 수 있다. 그럴 수밖에 없어 뒤로 가기를 누르면 언제나 임육모라는 줄임말로 불리는 카페의 화면이 다시 뜬다. 그러나 랙에 걸린 채로 돌아간 그 이전의 자리는 무엇을 클릭해도 아무것과도 연결되지 않는 텅 빈 링크다.

3.

당신은 오늘도 소파에 비스듬히 앉아 가로세로 퍼즐 책자를 들여다보고 있다. 당신을 뒤로하고 베란다에서 밖을 내려다보면 아파트 건너편으로 버스 정류장이 보인다. 늘 어디론가 떠나고 또 돌아오는 사람들. 들고 나는 거리의 사람들과 달리 우리는 같은 자리를 맴돈다. 당신과 나는 퍼즐 책자의 팔 밀리미터 미로 칸에 갇힌 생쥐 같다. 같은 입구로 들어갔으나 단 한 번도 만나지 못하고 미로를 헤매고 있는 우리는 아직 출구를 찾지 못했다. 내가 위로 방향을 잡아 올라가면 당신은 아래로 향한다. 같은 공간에 있달 뿐 우리들은 어디로 가야 하는지 모르는 채 그렇게 갇혀 출구에 대한 막연한 희망만 품고 있다.

여보 저 사람들은 다 어디로 가는 걸까?

…

저 많은 사람들이 다 어디서 오는 걸까?

…

나는 요즘 들어 당신이 이 집을 혹은 나를 더욱더 못 견뎌하고 있다는 것을 알고 있다. 어느 때인가부터 당신의 출근은 일러지고 퇴근은 늦어졌다. 당신이 집에 있는 시간이라고는 씻고, 화초에 물을 주고, 잠드는 수순을 따르는 짧은 순간뿐이었다. 남은 시간의 공백은 정적으로 그리고 나의 건망증으로 인한 사소한 소란으로 채워졌다. 옮길 수 있는 작은 물건들은 자꾸만 위치가 변경되거나 사라졌다. 있어야 할 것은 없어졌고 그 자리에 없어도 될 것들이 공간을 차지했다. 기억은 늘 불완전하다. 나의 기억은 자주 재조합되지 못하고 오늘의 골칫거리로 남곤 했다.

너 정말 정신 못 차리니? 이런 게 왜 내 가방 속에 들어 있지? 엊저녁 날카로운 목소리에 불려 가 당신의 가방 속을 들여다보니 거기에는 생경하게도 밥을 푸는 주걱이 들어 있었다. 글쎄, 이상하네. 아무리 찾아도 없더니, 왜 거기 넣었을까? 정말 내가 그랬을까? 됐다. 관두자. 치매도 아니고. 제발 정신 좀 똑바로 차리고 살자. 당신의 말투는 늘 확고하고 냉정하다. 그 딱딱하고 차가운 기운에 눌려 나는 무안을 감추지 못하고 벌 받는 당신의 부하 직원처럼 움츠러든다. 미안해. 됐다고. 열쇠는 대체 몇 번을 갈아 치워야 되겠니? 그러게 전자키나 번호 열쇠로 바꾸라고 했잖아. 미안해. 됐다. 정말 됐어. 그만하자.

내가 현관 열쇠를 잃어버린 것이 오늘로 여덟 번째던가 아홉 번째던가. 닫힌 문 안으로 영원히 다시는 들어갈 수 없을 것 같은 막막함에

서러움이 북받치기도 했다. 그러나 당신이 다시는 돌아오지 않을 것 같이 딱딱한 등을 보이며 출근하고 나면 나는 내가 텅 빈 공간의 일부로 굳어져버릴 것만 같아 견딜 수 없었다. 당신이 찾지 못하는 작은 숨은 그림이 되어버릴 것 같은 착각, 혹은 이 집의 그림자가 되어버릴 것 같은 착각이 나를 자꾸만 밖으로 내몰았다.

집 밖에서는 시간을 가장 천천히 보낼 수 있는 일을 했다. 전통 누비 방식으로 배냇저고리나 손싸개 만들기, 퀼트로 아기 이불 만들기, 아이에게 줄 펠트 장난감이나 유기농 인형 만들기 등은 바느질 방식은 모두 다르지만 천천히 조금씩 배우고 완성해야 하는 일들이었다. 그렇게 바늘 한 땀에 매달려 무엇인가가 완성되는 동안 나머지 것들은 쉽게 잊혀졌다. 그러나 그렇게라도 시간이 겨우겨우 흘러가는 것이 다행스러웠다. 기다리는 마음마저 놓치면 영영 마주치지도 만날 수도 없게 될 것 같아 나는 불안했다.

현관문을 닫으며 열쇠 구멍을 가만히 바라본다. 대체 열쇠는 어디로 사라졌을까. 열쇠 구멍은 기억으로 채워지지 못하고 그저 사라진 구멍으로만 남았다. 그럼으로써 한 시간과 세계의 문이 영원히 닫혀버렸다. 언제부터인가 나에게는 감당할 수 없도록 잊고 잃는 시간이 늘어갔다. 사라진 기억이 만든 말썽은 쉽게 일상에 침투했고 그것은 현실을 불편하게 뒤흔들었다. 제발 정신 좀 차려! 그럼에도 불구하고 타인의 호통은 나의 잠재적인 상실들을 자극한다. 불확실한 결과 앞에서 나는 점점 의기소침해지고, 기억은 그런 나를 농락한다. 내 기억의 퓨즈가 끊어지듯 당신은 가끔 깜빡하고 집에 들어오지 않는다.

당신이 돌아오지 않는 밤, 나는 달빛을 받으며 소리 없이 공원을 돈다. 공원 한쪽에는 주민들의 운동을 돕기 위한 기구들이 몇 가지 설치되어 있다. 그리고 그 옆으로 발 지압용 돌들이 구불구불 긴 물결무늬를 이루며 박혀 있다. 하얀빛과 검은빛만으로 구별되는 그 돌 위를 나는 맨발로 걷는다. 당신이 찾지 못한 뾰족하고 날카로운 그림들이 수백 개의 돌이 되어 내 발바닥을 찌른다. 나는 발바닥에 와 닿는 그 통증을 즐긴다. 돌들이 발바닥에 더 깊이 박히도록 발에 꾹꾹 힘을 주어 걷는다. 나는 그렇게 몇 번씩이나 물결을 타고 또 탄다. 온전히 통증이 느껴지지 않을 때까지. 그 즐거움이 다할 때까지. 내 모든 감각이 사라져버릴 때까지.

4.

내가 회사 선배의 소개로 당신을 처음 만났을 때, 당신은 왼쪽 팔목에 두 개의 시계를 차고 있었다. 초록색 시계 판의 메탈 시계와 갈색 가죽끈의 시계. 나는 자꾸만 당신의 팔목에 시선이 갔다. 저 사람은 왜 시계를 두 개씩이나 차고 다닐까. 두 개의 시간이 필요한 사람? 해외에 여자 친구라도 있는 것일까? 그러나 당신은 나중에 나에게 그때 시계를 두 개 차고 있었다는 것을 몰랐다고 했다. 그날이 무슨 자격시험을 치르는 날이었는데 정신이 없어 시계를 이미 찬 줄 모르고, 급한 김에 시계를 덧차고 나갔던 것 같다고, 희미하게 떠올릴 뿐이었다.

시사 잡지 기획자인 당신은 활자 중독자였다. 종일 원고 독촉을 하고 디자인을 구상하고 다음 호의 구성을 고민하고 광고를 편집하는 일로 동분서주했다. 당신의 오탈자와 비문에 대한 혐오는 부하 직원들에 대한 멸시로 이어지곤 했다. 너는 대학 나왔다는 애가 이따위로밖에 교정을 못 보니? 제목은 또 이게 뭐야? 필자가 빠뜨린 부분이 있으면 네가 제대로 바로잡아서 넘겨야 될 거 아냐? 당신은 늘 뾰족하고 뜨겁게 달구어진 쇠꼬챙이 같았다. 회사에서 당신을 좋아하는 사람은 사장밖에는 없었다. 당신의 괴팍한 결벽과 완벽주의로 사장은 조금 더 한가해지고 조금 더 돈을 벌 수 있었다.

그렇게 당신은 내내 회사에서 종이와 글자에 시달렸지만, 집에서도 손에서 책이나 신문을 놓지 못했다. 당신이 유일하게 쉬는 시간은 편의점에서 사 오는 가로세로 낱말퀴즈를 푸는 시간뿐이었다. 집에 오면 눈을 좀 쉬도록 해. 왜 그렇게 눈을 못살게 굴어? 쉬는 시간에는 그냥 쉬어야지. 그 시간에도 글자를 붙들고 있으면 어떡해. 이건 공부도 아니고 일도 아니야. 이건 그냥 단순히 머리를 식히는 행위일 뿐이야. 말을 하면서도 당신의 눈은 미로 속을 더듬거나, 조악한 그림으로 채워진 숨은그림찾기의 선들을 따라가고 있었다.

나는 처음에 당신이 나를 좋아하고 있다고 생각했다. 적어도 내가 당신을 좋아하는 것보다는 더 많이. 그런데 시간이 지나면서 어느 순간 당신은 한 발 물러나고 나는 당신에게 두 발 다가서 있었다. 나는 내가 당신에게 이끌려 다니는 권력 관계가 낯설었다. 나는 꽤 유능한 디자이너였고 먹고사는 데 큰 불편을 느끼지 않을 만큼 경제적으로도 안정된 상태였다. 결혼을 강요당하는 상황도 아니었다. 누군가에게 끌려다니느니 차라리 잊는 것이 간편한 방법이라고 생각하기도 했다. 오해와 이해가 뒤섞이는 치기 어린 상황들을 감내할 아량을 가진 것도 아니었으므로 나 자신을 지키고 사는 원점을 회복하기를 원했다. 나는 그때 스스로가 감정을 단단히 여미고 닫는 봉합 기술을 가지고 있다고 생각했다.

당신과의 만남은 길 것도 짧을 것도 없이 누군가 더 많이 물러나지도 다가서지도 않는 시간, 기념할 만한 추억조차 남아 있지 않고 아무런 기대도 약속도 없는 시간이었다. 그것은 두 사람이 하나로 묶이지 않는 이상한 연애의 시간이었다. 욕망으로 가득한 섹스가 아닌 숭고한 의식과 같은 정결한 잠자리가 몇 번. 그렇게 그저 아는 사람이라고 하기에는 넘치고 애인이라고 하기에는 모자란 우리의 관계를 나는 받아들이기 힘들었다. 그렇다고 정리할 것이 없는 관계를 확실히 정리하자고 당신을 닦아세우기도 곤란한 노릇이었다.

우리의 관계는 당신과 함께 일을 하면서 좀 더 분명해졌다. 당신의 제안으로 내가 당신의 부서에 들어가 일하게 되었을 때, 나는 당신에게 구박받지 않고 당신의 생각을 그림으로 표현해내는 유일한 디자이너였다. 나는 당신의 말을 잘 따랐을 뿐이었다. 너는 생각 따위 하지 마. 생각은 내가 하는 거야. 너는 내 생각을 그대로 디자인하면 돼. 알아들어? 당신은 주장이 강한 디자이너와 자주 부딪쳤고, 디자이너 교체는 빈번할 수밖에 없었다. 결국 그 부서의 디자인팀에는 당신의 생각을 생각 없이 디자인하는 나만이 정규직원으로 남아 있게 되었고 퇴사할 때 내 직함은 디자인 팀장이었다.

그런 당신이 어느 날 미국 출장을 다녀오면서 샀다며 작은 선물 상자 하나를 건넸다. 드림캐처(dream catcher)란 건데, 선물로 많이 한다고 해서 하나 사 왔어. 무덤덤한 인사를 들으며 상자를 열자 알록달록한 구슬과 하얀색 깃털이 달린 작은 그물이 들어 있었다. 안내 문구에는 '머리맡이나 창문에 걸어놓고 잠을 자면, 악몽이 머리로 들어오려다가 드림캐처의 거미줄에 걸려서 들어오지 못하며, 드림캐처 위의 구슬이 사악한 꿈의 기운을 불태우고 정화한다. 좋은 꿈은 가운데의 구멍을 통해 들어왔다가 꿈을 꾸고 나면 드림캐처에 드리워진 깃털에 이슬처럼 매달리고, 아침 햇살이 비추면 이슬이 마르듯이 사라져서 위대한 영혼에게 돌아간다.'라고 쓰여 있었다.

5.

나바호 인디언의 그물을 건넨 당신에게는 미안한 일이지만, 나의 꿈은 그 그물에 잘 걸러지지 않았다. 침대맡에 걸어둔 작은 그물은 나쁜 꿈을 거르지도 좋은 꿈을 잡아주지도 못했다. 나는 불면과 악몽의 시간을 체념적으로 받아들였다. 그러나 깊이를 알 수 없는 나의 짧은 잠 속에도 꿈은 담겨 있었다. 그 꿈은 무정형의 도형들이 또는 선이나 면처럼 완성되지 않은 형태들이 어지럽게 빙글빙글 돌고 있는 채로만 형상화되었다. 어찌 된 일인지 나의 눈에는 나뿐 아니라 그것을 건넸던 당신 역시 꿈을 잃은 듯 보였다.

결혼 생활 8년째. 당신은 아침마다 새벽에 배달된 신문을 들고 화장실에 들어가 오래오래 읽다가 나왔다. 그것은 새로운 소식이라고는 아무것도 없는 집에서 당신이 유일하게 가질 수 있는 새것이었다. 당신이 거치대에 구겨 넣은 신문을 똑바로 접어놓을 때마다 나는 생각했다. 당신에게 필요한 것은 신문이 아닐 거라고. 새로운 그리고 따뜻한, 즐겁고 밝은, 신선하고 싱싱한 아이를 낳을 수 있는 그런 아내일 거라고.

당신이 유일하게 글자에서 벗어나는 시간은 화초에 물을 주고 들여다볼 때였는데, 당신은 새싹이 나오고 빛을 받고 바람이 불어 초록의 잎들이 자라는 순간의 신비가 세상에서 가장 아름답다고 말했다. 그것은 내가 들어본 당신의 말 중에 가장 감상적인 것이었다. 당신은 단한 번도 나에게 아이에 대한 기대를 직접 이야기하지 않았지만, 나는 아이만이 당신을 따뜻하게 해줄 유일한 존재라는 생각을 버릴 수 없었다. 당신과 의무적인 성관계를 가지면서도 나는 하나만 생각했다. 아이가 우리를 구원할 것이라는.

내가 어떤 고백이나 어떤 절절한 애정도 동반하지 않은, 사막 같은 연애 기간을 끝내고 당신과 결혼한 것은 느닷없이 생긴 아이 때문이었다. 모호한 감정들을 뒤로하고 나에게 결혼을 결정하도록 만든 아이가 결혼 후 두 달 만에 유산되었을 때 의사는 내가 앞으로 다시 아이를 가질 수 없을 거라는 불임 진단을 내렸다. 간혹, 아주 간혹 성공하는 경우도 있지만, 현재 나의 자궁 상태로는 앞으로 다시 임신하기 힘들 것이고 하더라도 유산을 반복할 가능성이 높으니 단념하는 쪽이 나을 거라고 암담하게 말했다. 나는 의사의 간혹이라는 말에 집착했고, 당신은 힘들겠다는 말을 수긍했다.

우리가 행복하지 못한 이유가 정말 아이 때문이었는지는 모르겠다. 어쩌면 예정된 수순으로 침묵하고 서로를 밀쳐내게 된 것인지도 모른다. 당신은 늘 무언가를 채워가려 하고 나는 잊음으로써 비워내려 했는지도 모른다. 그 모순이 우리를 마치 위장한 적군처럼 서로 보이지 않도록 애쓰며, 같이 있는 순간은 더더욱 견디지 못하도록 했는지 모른다. 혹은 그 위장된 술수가 우리를 부딪치고도 안 보이니 괜찮다는 듯 서로를 적당히 배척하며 견딜 수 있게 했는지도 모른다. 어쩌면 아

이를 포기한 것은 나이고 일말의 희망을 씨앗으로 간직했던 것은 당신
이었는지도 모른다.

그러나 다른 것은 몰라도 나는 잠시 내 안에 살다 사라진 아이에 대
한 기억만큼은 지울 수 없었다. 나는 여태 그 아이가 내 안에서 꾸었을
꿈을 생각한다. 태동을 느끼기도 전에 사라진 나의, 아기. 아이를 위
해 내가 준비했던 샴푸들에서는 달콤한 향이 났다. 당신은 그 단 냄새
를 질려 했지만 나는 아무리, 아무리 맡아도 질리지 않았다. 나는 쉽게
딸기향 샴푸와 바나나향 치약에 중독되었다. 그러나 당신은 밥에서도
달착지근한 냄새가 나서 견딜 수 없다며 숟가락을 던져버리곤 했다.
달콤한 과일향에 나는 취하고 당신은 멀미를 일으켰다. 모든 유아기
적 냄새란 이토록 쉽게 사라져버려야 하는 운명인가. 그렇게 나는 남
고, 당신은 사라졌다.

6.

오래전부터, 당신의 시간은 너무 늦거나 빨라서 나와 맞닿지 않았
다. 어쩌다 간혹 우리가 함께 머문 시간은 헤어짐과 동시에 사라져버
리곤 했다. 간절히 기다리는 것보다는 우연을 기대하는 것이 더 나은
이상한 시간들이 계속되었다. 당신의 깜빡임은 점점 잦아졌다. 당신
은 나에게 함께 보낼 시간을 주는 대신 부엉이 모양의 벽시계를 하나
사다 주었다. 무미건조한 무채색 톤의 방 안에 홀로 번쩍이는 노란색

부엉이. 동그란 부엉이의 배를 쓰다듬으며 돌아가는 시계침들은 우리가 그런 것처럼 그렇게 자주 만나지 못했다. 우리도 그 시계침들처럼 만나자 곧 어긋나는 사이에 불과했다.

부엉이 시계의 초침은 똑딱똑딱, 째깍째깍, 틱톡틱톡 하지 않는다. 정지 없이 흘러가는 쿼츠 스타일이기 때문에. 기억의 분절음 없이 막무가내로 흘러가 시간이 더 빠르고 쉽게 지나가는 것처럼 느껴졌다. 그러한 형태로 그 시계는 나에게 죽기 전에는 절대로 이 쳇바퀴를 벗어날 수 없다고 말하고 있었다. 나는 그 소리 없는 시간을 똑-딱, 째-깍, 틱-톡 하고 멈추는 순간의 안도를 바랄 수 없다는 의미로 받아들였다.

당신이 내게 남긴 시계가 숨 가쁘게 흘러가는 동안 나는 점점 더 무기력해져갔다. 한밤중에 깨어나 멍하니 앉아 있는 시간이 길어지고, 겨우 눈을 뜨면 어느새 저녁이 되어 있곤 했다. 당신이 나에게 사랑한다는 말을 한 적이 있었던가. 한 번도 없었던 것 같다. 그렇다면 나는. 겨우 한 번. 그러나 당신은 그 흔한 표현조차 지속되도록 허락하지 않았다. 그 후로 우리는 사랑하는 것도 아닌 것도 아닌 사람으로 살았다. 그랬다. 그렇게 당신과 나는 다른 방향을 향해 자꾸만 달려갔다. 그러다 각자의 허리에 묶인 하나의 고무 끈이 장력을 견디지 못하고 휘청 힘을 놓치면, 어쩔 수 없이 끌려가 잠시 부딪치는 사람으로 지냈다.

부엉이는 성실한 깃털의 주조와 툭 튀어나온 눈알 때문에 무서운

정령처럼 보였다. 나를 향해 악마의 주술을 부리는 시간의 정령. 그러나 부엉이 몸체의 노란색이 뿜어내는 빛은 무서움을 걷어내고 어느새 봄날 개나리의 화사함으로 나를 감쌌다. 나를 압도하는 당신의 정체가 짧은 어떤 순간만큼은 친밀한 시간으로 변질되었던 것처럼, 부엉이 시계에도 그런 모순이 겹쳐 있었다. 기다리라는 말도, 기다리지 말라는 말도 그리운 말로 남아 나의 시간은 무한대가 되었다가 찰나가 되었다가 그도 저도 아닌 무중력의 텅 빈 구멍 속으로 치달아갔다.

잊지 않으면 견뎌지지 않는 시간, 지우고 지우는 것만이 나에게는 위로가 되었다. 멀쩡히 존재하나 아무런 흔적이 없는 사람. 사랑을 믿지 않는 당신이 그 어떤 사람과 같은 시간을 살 수 있겠는가. 당신과 나는 차원이 다른 시간 속에서 같은 공간을 꿈꾸었다. 아니 무엇보다 우리는 서로를 사랑하는 방법을 몰랐다. 맞지 않는 열쇠를 가지고 너무 많은 시간을 낭비했다. 그런데 버리면 그만인 시계와 달리 시간은 버려지지 않아서 나를 곤혹스럽게 한다. 당신은 지금 어디 있는가. 당신의 모습이 점점 희미해져 간다.

오늘 노란색 부엉이 시계가 멈추었다. 이제 오늘과 어제와 내일을 구별할 수 없게 되었다. 나는 벽걸이 시계를 떼어 먼지를 닦아내고 시계침을 돌려본다. 하루, 이틀, 사흘, 나흘, 일 년, 십 년, 이십 년, 삼십 년, 시간을 초고속으로 보내고 늙어버린다. 노인이 되니 시간이 갑자기 길어진다. 창밖으로 보이는 햇살도 나른하고, 먼지가 하나둘 내려

앉는 것까지 느껴진다. 먼지가 천천히 부유하고 있는 이 공간에서 당신을 추방하면 내 시간을 찾을 수 있을까. 이제 그만 끈을 잘라버리자고 나는 말할 수 있을까. 당신이 내 이야기를 들을 수 있는 곳에 있기는 한 것일까. 어쩌면 마지막으로 한 번 더 구걸하는 편이 더 나은 게 아닐까.

7.

당신이 몇 달 만에 집에 왔다. 당신은 종일 손에서 큐브를 놓지 않았다. 당신이 쥐고 있는 정육면체의 큐브는 여섯 가지의 색깔을 맞추게 되어 있는 것이다. 퍼즐 책 대신 사 온 그 큐브는 집에 온 이후 당신의 손을 한 번도 벗어나지 않았다. 당신은 다 맞추어진 것을 다시 섞고 다시 맞추고 또 섞기를 반복했다. 그 무의미해 보이는 반복이 지금의 당신에게는 유일한 흥밋거리인 모양이다. 삶이 지루해 미치겠다는 표정으로 아무렇게나 퍼즐 책을 뒤적이던 당신의 손은 작은 큐브 하나로 인해 무척 경쾌해졌다. 당신이 지금 손에 들고 있는 큐브로 만들 수 있는 모양은 43,252,003,274,489,856,000가지다. 그 많은 경우의 수 중에 당신과 내가 사랑할 수 있는 시간도 섞여 있을까.

8.

나는 지금 작은 걱정 인형들을 열심히 만들고 있다. 원색의 예쁜 옷을 입고 있는 자그마한 인형들이다. 그리고 얼굴을 모르는 아이에게 이야기를 들려준다. 과테말라라는 나라에서는 걱정 인형에 대한 전설이 전해 내려온대. 어떤 고민이나 걱정이 생기면 잠들기 전에 걱정 인형에게 자신의 고민을 털어놓는다는 거야. 그러고 나서 베개 밑에 인형을 넣어둔 채 자면 네가 잠든 사이에 그 인형들이 너의 고민을 멀리 갖다 버리고 온단다. 인형이 없어지면 걱정도 사라지는 거래. 그러니까 인형이 없어져도 너무 슬퍼할 필요는 없어.

나는 빌리처럼[1] 내 아이의 걱정 인형들에게도 걱정이 생길 것을 걱정해 미리 여러 가지 걱정 인형의 걱정 인형을 만들어둔다. 이 센티미터가 채 되지 않는 작고 작은 인형들이 다섯 개, 아홉 개, 열세 개, 서른네 개, 예순일곱 개…… 자 봐. 이제 걱정 인형들에게도 각자 걱정 인형이 있으니 괜찮아. 그래도 걱정이 사라지지 않는다면 엄마는 더 열심히 너에게 인형들을 만들어줄 거야. 그러니 너는 안심해도 돼.

인형들은 점점 많아지고 심지어는 점점 커져 베개 아래에 감출 수 없을 정도가 되었다. 나는 실체를 알 수 없는 커다란 걱정들을 잠재우기 위해 점점 더 많이 점점 더 큰 걱정 인형들을 만들고 또 만든다. 한쪽 벽이 인형으로 가득 차도록 계속해서 만들고 또 만든다. 그리고 나

---

1 앤터니 브라운, 『겁쟁이 빌리』 중에서.

서 나는 조용히 그 인형들 사이에 앉아본다. 그렇게 나 또한 거대한 걱정 인형이 된다. 인형들 사이에 앉아 나는 고민한다. 내가 버려야 할 걱정의 종류는 무엇일까. 하나, 둘, 수를 헤아리다 어디까지 세었는지 잊고 다시 돌아간다.

이제는 그 걱정을 버리기 위해 나 스스로 걱정 인형이 되어 멀리멀리 떠나야 할 차례다. 나는 우스꽝스럽게 땋은 주황빛의 머리 모양과 울긋불긋한 의상과 볼터치가 진한, 유치한 화장을 하고 길을 떠나는 두려움을 떨칠 수 있을까. 내가 사라지면 당신의 걱정이 하나 덜어지게 되는 것일까. 그렇다면, 내가 당신을 편안하게 만들 수 있다면 나는 빨간색 립스틱을 바르고 알록달록한 무지갯빛 치마를 입고 노란 양말에 보랏빛 구두를 신고 꽃을 한 송이 든 채 길을 떠날 것이다.

아이들의 조그만 걱정 인형들이 집을 떠나 도착한 곳은 어디일까. 인어 공주가 사는 바닷속이거나 거인이 사는 구름 위의 나라거나 어느 깊고 어두운 동굴일지도 모른다. 내가 지금 가려는 그곳. 그런데 이상하게도 나는 왠지 그 길 어딘가에서 꼭, 당신을 만날 것만 같다. 당신 역시 걱정을 버리러 그곳에 와서는 나를 망연히 바라볼 것 같다. 각자 짊어진 걱정을 내려놓고 마주 보며 웃을 것도 같다. 나는 서둘러 거실에 있는 커다란 거울을 바라보며 치아를 내보이며 웃는 연습을 해본다. ⚡

단 : 추

이곳의 이름은 〈단추, 카페〉다. 그러나 단추도, 커피나 음료도 팔지 않는다. 〈단추, 카페〉에서 파는 것은 단추를 이용해 리메이크한 물건들이다. 당신이 새로 구입한 옷을 처음 입고 나온 날. 같은 옷을 입은 사람 둘을 만났다고 치자. 만약 다른 사람이 당신과 같은 옷을 입어서 당신의 기분이 나빠졌다면. 당신은 단추의 고객이 될 소지를 갖춘 사람이다. 흔한 폴로 티셔츠조차 〈단추, 카페〉를 거치면 세상에서 단하나뿐인 당신만의 티셔츠로 변신하게 된다. 당신을 당신만의 존재로 인정하고 만들어주는 곳. 그곳의 이름이 〈단추, 카페〉다.

그녀의 이름은 단추. 카페의 주인이다. 〈단추, 카페〉에 필요한 것은 단추와 바늘, 실뿐이다. 그녀는 지금 스물하나, 젊은 처녀의 유두가 놓일 지점에 폭신한 딸기 모양 단추를 달고 있다. 하얀 스웨터 위에 빨간색의 두 딸기가 유독 도드라져 보인다. 가닥 가닥의 초록 줄기들은 배꼽 주변에서 시작된다. 도톰한 초록색의 줄기를 타고 올라가 결국은. 가슴에 붙은 딸기를 만져보고 싶도록. 그 딸기를 따고 싶도록. 그런 충동이 일어나도록. 그녀는 세심히 스웨터를 수선하고 있다. 이 옷의 주인 아가씨는 이제 싱싱한 딸기 두 개를 가슴에 달고. 어서 그 향기 나는 과일을 덥석 베어 물고 싶어 안달하는 남자를 만나게 될 것이다.

두 평 남짓한 작은 가게 안에는 20센티 폭의 선반들이 세 벽을 두르고 있고, 가장 안쪽에 카운터로 쓰는 나무 데스크와 의자가 짝을 맞추어 들어가 있다. 해부학 실습실에 사람의 눈알이나 간과 같은 것, 아니면 쭈글쭈글한 뇌나 태아 같은 것 등이 담긴 유리병이 나란히 놓여 있듯이, 〈단추, 카페〉의 선반에도 유리병들이 나란히 놓여 있다. 그 유리병들은 그녀가 재활용 쓰레기장에서 모아 온 것들이다. 커피가 들어 있던 병, 잼이 들어 있던 병, 소주가 들어 있던 병, 고급 사탕이 들어 있던 병, 무엇이 들어 있었는지 알 수 없는 병…… 각각의 병들은 모두 모양과 색깔이 다르다.

그 유리병 하나하나에는 단추가 만든 마분지 택(tag)이 붙어 있다. 택 위에는 주사위 모양으로 몇 개의 점이 찍혀 있다. 그것은 그녀만이 아는 고유한 분류 기호. 단추의 유리병 속에는 여러 가지 질감과 색을 가진 크고 작은 단추들이 들어 있다. 그 가운데에는 사람의 손톱이나 발톱을 모아놓은 병, 이(齒)를 모아놓은 병, 잘 손질된 뼛조각이 들어 있는 병 따위도 섞여 있다. 그녀는 그런 괴기한 느낌이 나는 단추를 좋아한다. 사람들은 잘 눈치채지 못하지만. 그녀의 작업에는 토끼의 뼈나 염소의 뿔과 같은 것. 살아 있었으나 지금은 죽은, 삶의 흔적만 간직한 재료도 자주 사용된다.

〈단추, 카페〉에 모이는 사람들은 단추나 털실이 보여주는 아기자기함이나 알록달록함에 반해 긴장을 쉽게 푼다. 그러고는 성급하게 그 포근하고 따뜻한 이미지를 서로 나누고자 한다. 그러나 카페의 주인은 정해진 강좌 시간에만 단정한 태도로 그들을 대할 뿐. 그들 속으로 섞여들지 않는다. 〈단추, 카페〉를 찾는 여자들은 결혼 생활의 희와 비를 토하는 것만이 시간의 무료를 이겨낼 유일한 방법인 것처럼 시어머니와 남편의 욕으로 시작해 자식 자랑으로 마무리하는 멘트를 거침없이 쏟아놓았다. 카페의 주인은 그러한 이야기들을 좋아하지 않는다. 그래서 대화에 끼어드는 일도 드물다. 하지만 결혼 생활의 끝장이나 막장들은 저마다의 드라마가 되어. 너덜너덜한 누더기의 모습으로. 가게의 이곳저곳을 누볐다.

카페의 주인. 단추는 그녀들의 이야기에 자신이 같이 누벼지지 않도록, 귀를 닫고 음악에 집중해보려 한다. 하지만 오늘은 그것도 잘 되지 않는다. 음악도 때로는 소음이다. 이럴 때 그녀는 누군가에게 느닷없이 문자 메시지를 보낸다. '핑!' 수신인은 알 수 없다. '핑? 누구?'라거나 '미친 X'와 같은 답이 돌아오면 그는. 그녀의 우주 밖에 존재하는 사람이다. 그러나 누군가가 '퐁!' 하고 답장을 보내오면 그는. 그녀와 같은 우주 안에 존재하는 사람이다. 그녀는 그렇게 믿었다. 그 답 메시지를 보낸 사람은 자신과 얽혀 있는 누군가라고. 그리고 자신과 같은 우주 안에 있는 상대라면 그가 누구든. 그 무엇이든. 그와 함께할 수 있다고.

단추. 그녀의 나이는 마흔둘. 세탁소를 하던 아버지가 별생각 없이 지어준 이름 덕분에 운명을 따르게 되었다. 얼굴은 예쁘지 않다. 여드름 자국이 숭숭한 피부다. 따로 정돈하지 않아도 가지런한 눈썹과 넓고 두터운 눈두덩이가 복스러운 인상을 주기는 한다. 그렇더라도, 그녀는 예쁘지 않다. 그러나 얼굴과 달리 그녀의 몸은 육감적이다. 조그만 움직임에도 그녀의 젖가슴은 연두부 흔들리듯 부들부들 흔들린다. 통통한 다리는 가윗날 두 개가 차캉차캉 부딪치는 것처럼 균형 있게 움직이고 그 다리를 따라 탱탱한 엉덩이도 올라갔다 내려갔다 한다. 게다가 그녀는 몸매가 잘 드러나는 옷만 입는다. 색깔은 늘 블랙이다. 블랙의 레깅스에 짧은 팬츠 또는 스커트. 윗옷 또한 늘 타이트한 스타일을 선호한다. 짧은 커트머리도 그녀의 몸을 돋보이게 하는 데 일조한다.

그녀가 자신의 손님들과 이야기를 잘 나누지 않는 데는 이유가 하나 더 있다. 목소리 때문이다. 당신이 그녀의 목소리를 처음 듣는다면. 풉! 하고 웃어버릴 가능성이 높다. 그녀의 목소리는 그녀의 얼굴과 몸 그 어느 것에도 어울리지 않는. 그래서 아주 낯설게 느껴지는. 너무 앳된 소리다. 무표정한 얼굴과 그 목소리의 부조화는 타인에게 그녀를 아주 특별하게 그리고 효과적으로 각인시키는 매력이다. 괴이한 그리고 묘한. 남자인지 여자인지는 모르겠으나 분명히 미성숙한 아이의 목소리. 만화영화에서 미성년 주인공의 목소리를 전문으로 담당하는 성우의 톤을 상상한다면. 조금 가깝다. 어쨌든 그녀는 자주, 자신의 목소리를 부끄러워했다.

단추는 그녀가 엄마의 자궁에 있을 때부터 갖가지 색의 실타래가 벽에 꽂혀 있는 풍경 속에서 자랐다. 가족은, 세탁소와 수선을 겸하는 곳. 집이라기보다는 가게의 일부라고 불러야 옳을 구조를 지닌 곳. 〈은하세탁소〉에서 살았다. 거기에서 그들은 살기 위해 빨래를 하는 것인지, 빨래를 하기 위해 사는 것인지 구별하지 않고 살았다. 단추의 아버지는 너무 말이 없었고. 엄마는 너무 말이 많았다. 단추는 그들 사이를 잇는 유일한 끈이었다. 그녀는 부모의 말 없음과 말 많음 사이를 왕래하며 때로는 느슨하게 때로는 팽팽하게 자신을 조율하며 자랐다.

단추, 단추를 달 때는 단단하게 꿰매야 한다. 매듭은 보이지 않게 마무리하고. 실기둥이 너무 두꺼우면 단추 채울 때 빡빡해서 안 된다. 엄마는 잔소리와 넋두리와 온갖 푸념을 겸해가며 단추에게 바느질을 가르쳤다. 바느질은 여자라면 누구나 다. 어느 정도는. 할 줄 알아야 한다는 굳은 신념을 가진 사람이었다. 조신하게, 말끔하게. 그것이 단추 엄마의 모토이자 좌우명이었다. 단추는 여고생이 되고부터 재봉틀을 다루었다. 가내에서 전수받은 솜씨만으로 웬만한 바지 기장이나 허리 수선을 할 수 있게 되자, 엄마는 말만 하고 바느질은 단추가 알아서 하는 일이 조금씩 늘어났다.
그러나 단추는 엄마와 같이 조신하고 말끔한 것을 좋아하지 않았다. 그녀는 엄마처럼 하얀색 무명실로 있는 듯 없는 듯 단추를 다는 것은 너무 심심하고 재미없다고 생각했다. 그녀는 와이셔츠의 하얀 단추를 파란색이나 초록색 실을 써 색다르게 다는 것을 더 좋아했다. 난데없이 원색의 실로 단추가 꿰매진 와이셔츠를 받은 동네 아주머니들은 질색을 하며 이게 뭐 하는 짓이냐고. 단추의 엄마를 몰아세웠다. 세탁소로 되돌려보내진 그녀만의 셔츠는 그녀를 슬프게 했다. 엄마는 저것한테 맡긴 내 잘못이라며. 단추에게 욕을, 욕을 늘어놓고는. 하얀 무명실로 다시, 조로록. 조신하고, 말끔하게. 셔츠의 단추들을 달았다. 단추, 그녀는 어쩌면 그저 하얀색으로만 이루어진 단추를 견뎌내기 힘들었는지도 모른다.

단추의 초등학교 1학년 가을. 막 여덟 살이 된 때였다. 단추와 같은 동네에 한쪽 눈을 실명한 남자애가 살았는데, 그 아이는 검은 눈동자 없이 하얀색만 남은 눈 때문에 동네 아이들에게 공포의 대상이었다. 어느 날 그가 그의 커다란 손으로 등교하던 단추의 코와 입을 막고 뒷골목으로 끌고 들어갔다. 끌려가는 동안 단추의 발뒤꿈치가 바닥에 턱, 턱, 턱 하고 가끔 닿았다. 그가 한구석에 멈춰 서자 그녀는 놀란 눈으로 그의 허연 눈을 바라보았다. 그는 조용히, 단추의 입에 자신의 입술을 갖다 대었다. 그러고는 휙 돌아서 뛰어가버렸다. 그녀도 있는 힘을 다해 뛰었다. 자신이 어디로 가는지는 알 수 없었다. 달리기를 멈추고 나니. 그제야 무섭고 두려운 생각이 나서 울음이 터졌다. 그 이후에 그 아이를 다시 만나지는 못했다. 하지만 흰색 눈동자의 기억은 끈질기게 남아 사라지지 않았다. 단추는 흰색을 비롯한 모든 밋밋한 것들을 보면 그 흰 눈동자가 생각나 거북함을 느꼈다. 그 거부감은 차차 〈은하세탁소〉 밖으로 난 작은 문을 두드리는 단추의 몸부림으로 나타났다. 하지만 그 문은 너무 자주 그리고 너무 크게 쾅! 하고 닫혀버리곤 했다. 그럴 때마다 그녀는 닫힌 문을 원망하며 도망치듯 자신 안으로 숨어버렸다. 문 안쪽에서 그녀는 내내 잠을 잤다. 오래오래 자고 나면 자위행위가 하고 싶어졌다. 문을 단단히 잠그고 그녀는 자위와 자해 사이의 퍼포먼스를 행했다.

어린 시절 그녀는 친구들에게 손바닥의 두꺼운 피부를 옷감 삼아 바늘로 땀을 떠 보여주기를 좋아했다. 손바닥의 두꺼운 피부는 바늘을 아무리 찔러 넣어도 아프지 않았다. 피도 나지 않았다. 친구들은 그녀의 놀이를 보며 징그럽다고도 했고. 신기하다고도 했다. 바늘과 실로 몸의 일부에 모양을 내는 것. 그것은 그녀를 특별하게 만들었다. 아이들이 어떻게 받아들이든, 그녀 자신은 그 행위에 큰 의미를 부여했다. 바늘에 가는 실을 꿰어 손바닥에 세모나 네모, 별 모양의 무늬를 만들어내면 그녀 자신이 왠지 멋있어지는 것 같았다. 때때로 그녀는 허벅지나 배에도 살금살금 바늘땀을 떠보았다. 자신의 몸을 천 삼아 단추를 붙이고 수를 놓는 것이 재미있기만 했다. 그것도 시시하면 손가락 마디 끝에 바늘을 고정시켜 붙이고 자신의 몸을 긁었다. 짜릿한 쾌감. 상처는 새로운 무늬를 만들어냈다.

남들처럼 대학에 가지도 못하고 취직도 하지 못한 채 좁고 낡은 방에 방치되었을 때. 그녀는 스스로를 학대하지 않고 살 수 있는 삶이란게 대체 어떤 것인지 알 수 없었다. 부모는 그녀가 진학을 하는 것보다 취업해 집안 살림에 도움이 되길 바랐고, 그녀는 취업보다는 우선, 대학생이 되고 싶었다. 그래서 〈은하세탁소〉 밖으로 나가고 싶었다. 하지만 해가 뜨고 지는 것처럼 매일이 반복되는 〈은하세탁소〉 안에서 자신의 요구가 받아들여지지 않을 것은 너무 자명했다. 우울한 생각을 하는 것조차 귀찮아지면 그녀는 크고 검은 비닐봉지를 머리에 썼다. 그러고는 꼭꼭 오므려 공기가 통하지 않게 만들었다. 그러면 오로지 자신의 숨소리만이 세상을 채웠다. 숨을 쉴 때마다 코와 입 근처의 비닐이 조금, 펄럭거렸다. 그 소리마저도 듣기 싫어 숨을 참는다. 하나. 둘. 셋. 넷…… 서른아홉까지밖에 세지 못했는데. 숨이 막힌다. 어쩔수 없이 팍, 하고 숨을 내뱉는다. 땀이 난다. 그것은 아직 살아 있다는 뜻이고 다시 이 고통이 반복되어야 한다는 뜻이기도 했다.

스무 살의 백수로 살던 여름 어느 날. 낙서를 하고 있었다. 글자는 없고 그림뿐이었는데 수십 겹의 지그재그이거나 달팽이 집처럼 돌고 도는 원이거나 한없이 이어지는 세모 안의 세모 안의 세모와 같은 것들이었다. 현기증 나는 반복이 지겨워. 무심코 손에 잡힌 테니스공을 벽을 향해 던졌다. 던져졌다가 다시 튕겨 돌아왔다가. 벽과 방바닥을 가로지르며, 탕, 탕, 탕, 탕, 탕. 공 튀는 소리가 울렸다. 마음 같아서는 테니스공이 아니라 단추 자신의 머리를 뽑아내어 벽을 향해 집어 던져 터뜨리고 싶었다. 영원히 되돌릴 수 없게. 머릿속에 있는 골이 터져 흥

건한 액체와 흐물흐물한 단백질 덩어리들이 흘러넘치고 거기에 구더기가 들끓었으면 좋겠다고. 무슨 일이든지 화끈하게 한 번 벌어졌으면 좋겠다고 생각했지만, 고요했다. 똑딱똑딱 초침 소리를 제외하고는.

그녀의 안에는 남들은 모르는 시계가 살고 있었다. 아침 다섯 시와 저녁 일곱 시의 시계. 그 시계는 그녀의 아버지가 아침마다 동네를 돌며 세탁물을 수거하기 위해 그리고 세탁되거나 수선된 옷들을 가져다주기 위해 맞추어놓은 시계와 일치했다. 그 시간이 되면 그녀 안의 시계가 똑딱똑딱 소리를 내며 살아난다. 그러고는 그녀에게 어서 나가라고. 나가서 새롭게 태어나야 할 것들을 찾고 자신 안의 낡은 것들을 어딘가로 내보내라고 부추긴다. 그녀는 그 시계를 거부할 수 없다. 빨간 구두를 신으면 춤을 멈출 수 없는 것처럼. 시계의 똑딱거림이 멈출 때까지는. 설령 제자리를 맴돌더라도 나가 움직여야 하는 것이다.

남자를 알기 전. 단추는 지루한 일상을 견디지 못해 어쩔 줄 몰랐다. 당최 엄마에게 욕을 먹는 것 말고는. 할 일이 아무것도 없었다. 그녀가 사람을 만나는 데 두려움을 버린 것은 자신만의 방법으로 그 사람이 자신과 연결된 사람인지 아닌지 테스트할 수 있다는 믿음이 생기고 나서부터였다. 같은 우주에 사는 사람이라는 확신이 들면. 그녀는 누구하고나 함께 지냈다. 그게 젊은 사람이든 늙은 사람이든, 잘생겼든 못생겼든 가리지 않았다. 그곳이 시골이든 도시든, 낮이든 밤이든 아무런 조건도 필요하지 않았다. 그들과 함께할 때. 그녀, 단추는 상대가 어떤 소리를 낼 수 있는 사람인지 즉각 알아차리고 곧 연주에 돌입하는 탁월한 연주자가 되었다. 그녀는 그런 마술 같은 관계가 신비하고 즐거웠다.

그녀는 지금까지 열한 번 임신 중절 수술을 했다. 탯줄로 연결되는 관계. 자신의 몸 안에 줄을 만들어 기생하는 생물을 그녀는 용납하지도 견디지도 못했다. 그녀는 임신 사실을 알게 될 때마다 매번 가위로 탯줄을 싹둑 자르고 매듭을 짓는 꿈을 꾸었다. 그러고는 그 꿈이 깨기 전에 서둘러 중절 수술을 하기 위해 병원으로 달려갔다. 단추는 매듭 지어지지 않은 실이 배 속에 담겨 있다는 것이 너무 무서웠다. 그럼에도 그녀는 여전히 자신과 같은 우주 속에 있는 사람들을 찾고 또 만났다. 한 치의 망설임도 없이, 그녀는 우연의 길을 따라갔다. 때로는 그녀 안의 시계가 그 낯선 길을 재촉하기도 했다.

〈은하세탁소〉에는 천과 실과 단추가 널려 있었다. 단추는 홈패션 리폼 전문가라는 타이틀을 걸고 인터넷을 이용해 작은 소품을 만들 수 있는 〈DIY Kit〉 패키지 판매를 시작했다. 그녀의 〈DIY Kit〉는 단순하고 귀여워 바로바로 품절이 되는 인기 품목이 되었다. 리폼 이벤트에 몇 차례 당선되어 이름이 알려지자, 문화센터 강습 의뢰도 들어왔다. 처음에 그녀는 여러 사람 앞에서 목소리를 낸다는 것이 부담스러웠는데. 의외로. 사람들 앞에 서기만 하면 달변가로 변신하곤 했다. 인터넷 판매와 문화센터 강습으로, 꽤 많은 돈이 모였다. 그녀는 작은 도시의 외진 아파트 상가에 보증금 없이 셋방 가게를 얻었다. 〈단추, 카페〉라고 간판을 만들어 붙였다.

그녀는 단순한 식탁보 하나도 새로운 것으로 보이도록 만들었다. 때로는 거친 억새를 엮어 동남아풍으로, 때로는 도일리(doily)를 이용해 공주풍으로, 그도 아니면 이런저런 패치를 붙여 서양식 조각보 형식으로. 그녀는 부서지고 낡은 것에 그 나름대로의 질서를 부여하는 재능이 있었다. 한가한 시간에 모이는 주부들은 그녀의 바느질이 독특해서 좋다며 지리멸렬한 자신의 집도 그와 같은 참신한 물건들로 채워 변화를 주고 싶다고. 어떡하면 되느냐고 물었다. 자신에게 비법을 묻는 사람들에게 그녀는 자신이 가장 원하지 않는 색을 선택해 그것을 자신이 가장 좋아하는 옷에 어떤 식으로든 매치해보라고 권해본다. 하지만 기대는 없다. 한가함을 즐기는 주부들은 대체로. 모험을 좋아하지 않기에.

언니, 커피도 안 팔면서 왜 가게 이름을 카페라고 지은 거야? 커피도 팔면 좋을 거 같애. 좀 싸게 팔면 여기 수업 듣는 사람들 많이들 마실 텐데. 가게 이름도 카페잖아. 같이 팔아봐. 아뇨. 됐어요. 여긴 그냥 바느질을 하는 곳일 뿐예요, 저는 커피도 다른 음식도 잘 만들 줄 몰라요. 원하시면 정수기가 안쪽에 있으니 간단히 믹스커피 타서 드세요. 누가 정수기 있는 거 몰라서 물어? 커피도 안 팔면서 가게 이름을 왜 카페라고 지었는지가 궁금한 거지. 그냥 편히 쉬었다 가듯, 배우고 가시라는 뜻이에요. 별거 없어요. 근데, 있잖아. 언니 목소리는 언제 들어도 너무 신기해. 꼭 우리 애하고 말하는 것 같다니까. 호호.

첫 번째 시간이죠. 제가 여러분께 처음으로 말씀드리고 싶은 것은 단추는 단순히 옷의 부자재로 쓰이는 물건이 아니라는 겁니다. 단추는 그 재료와 종류가 다양한 것 이상으로 그 기능도 다양한 물건이에요. 단추는 무언가를 붙여주는 기능을 넘어 무언가를 아름답게 만들 수 있는, 그 자체로 황홀한 미적 도구라고, 저는 생각해요. 그렇기 때문에 단추를 옷이나 천에만 붙일 수 있다는 편견을 먼저 버리셨으면 좋겠어요. 가방이요? 네, 물론 가방에도 단추를 붙이죠. 하지만 상식을 깨는 생각은 아니네요. 가방이나 신발 아니면 귀고리나 목걸이 같은 장식성이 강한 물건들에 단추를 붙여온 것은 오래되었어요. 그보다, 제가 상식을 깨는 다른 예를 좀 들어볼까요? 단추는 그릇에도, 가구에도 가전제품이나 자동차 심지어는 사람의 몸에도 붙일 수 있어요. 극단적인 예를 좀 섞긴 했지만 그만큼 단추의 활용도가 높다는 말씀을 드리는 거예요. 단추란 그야말로 다기능적이고 다활용적인 물건이죠. 오늘 여러분은 초급 첫 번째 작품으로 싸개 단추를 이용한 머리끈을 만들 건데요. 길거리 지나다니면서 가끔 옷과 머리끈의 천을 통일한 사람들 보면 좀 답답하다 싶으면서도 어떻게 맞췄나 하는 생각 드신 적 있죠? 싸개 천을 이용하면 옷뿐 아니라 신발이나 가방, 아니면 커튼이라든지 이불과도 같은 무늬로 단추를 만들 수 있어요. 통일감을 줄 수 있다는 장점이 있죠. 오늘 제가 준비한 천은 가장 일반적으로 쓰이는 체크와 하트 무늬 그리고 잔꽃 무늬가 있는 리넨(linen)이에요. 싸개 단추를 만들려면 기계가 필요한데요. 오늘은 일단 제 것을 쓰기로 해요. 혹시 싸개 단추를 좀 더 많이 만들고 싶은 생각이 있는 분은 기계를 하나 장만하셔도 좋겠죠? 하지만 수강하시는 동안은 제 싸개 단추 제작 기계를 늘 사용하실 수 있도록 비치해놓을 테니 마음껏 쓰세요. 자, 그럼 시작해볼까요?

저녁 강의가 끝나고 난 뒤. 그녀는 가게 안의 조명을 모두 끄고 데스크 위의 컴퓨터 화면만 파랗게 남겨두었다. 그러고는 기다리던 전화를 받는다. 단추는 지금 전화기 저편의 상대에게 특별한 요구를 하고 있다. 자 옷을 벗어요. 아니, 팬티는 벗지 않아요. 어둠 속에서 그녀는 조용하고 느릿하게 낮의 일상을 정리한다. 됐나요? 좋아요. 그럼 이번엔 차렷 자세를 해보세요. 트렁크 팬티를 입었나요? 삼각팬티를 입었나요? 삼각이군요. 좋아요. 이제 손이 팬티를 통과하도록 해보세요. 네. 차렷 자세를 하는데 손이 팬티를 통과하게요. 천들을 차곡차곡 개서 제자리에 넣고. 주문한 포장 재료들도 정리함에 보기 좋게 치워놓는다. 그런 후에는 손바닥을 펴세요. 쫙 펴요. 됐나요. 그럼 그 손바닥이 앞을 향하도록 하고 팔꿈치를 몸에 좀 더 밀착시키세요. 네, 허리에요. 그리고 무릎을 붙여요. 가능하면 몸에 틈이 없도록 하세요. 팔과 다리를 몸에 꿰매 붙였다고 생각하고 모두 몸에 꼭꼭 붙여요. 이번에는 퀼트반 회원들이 빌려 쓰고 남겨둔 골무들을 유리병에 모아 담는다. 퀼팅에는 역시 스테인리스 링 골무가 가장 편하다. 그녀는 쩽그랑 소리가 나게 마지막 골무를 넣고 유리병의 뚜껑을 닫는다. 당신의 몸은 일직선이 되었어요. 숫자 1처럼 보이네요. 완벽한 인체로군요. 아름다워요. 자, 긴장하세요. 나무 같은 당신의 몸이 제 앞에 서 있군요.

당신은 이제 눈을 감아요. 나는 당신에게 다가가요. 아니요. 자세가 흐트러져서는 안 돼요. 좋아요. 먼저 당신의 속눈썹에 키스하겠어요. 부드러운 눈썹이네요. 다음은 당신의 귓바퀴예요. 작고 예쁜 귀군요. 귓바퀴를 타고 내 혀가 움직여요. 간지러워도 자세는 유지하세요. 당신의 머리카락을 만져요. 손가락으로 머리카락을 빗어 내려요. 그리고 당신의 입에 키스해요. 아니, 아직 입을 벌리지는 말아요. 내가 세 번 뽀뽀하고 내 혀로 똑똑 당신의 입술에 노크를 하면 그때 입술을 열어주세요. 좋아요. 똑똑. 우리의 혀가 만나요. 얽히고 또 얽혀 다시 풀어낼 수 없을 것처럼 혀들이 트위스트를 시도하네요. 대자 바늘 하나가 마우스 옆에 놓여 있다. 이불을 꿰맬 때 쓰는 10센티 바늘이다. 낮 수업 중 누군가 신기하다며 꺼내보고는 제자리에 다시 넣지 못해 책상 위에 급하게 올려두고 간 것이다. 어때요? 흥분되나요? 당신은 차렷만 하고 있으면 돼요. 난 당신의 쇄골을 지나 당신의 작고 검은 젖꼭지를 애무할 거예요. 조금 딱딱하군요. 내 혀가 부드럽게 당신의 젖꼭지를 달래요. 그리고 당신의 등으로 돌아가 당신의 척추뼈 하나하나를 만져요. 손이 피부를 뚫고 들어가 뼈 하나하나를 연결하듯 천천히. 그리고 다시 당신 앞으로 돌아와 무릎을 꿇고 앉았어요. 당신의 배꼽은 아주 깊네요. 그 깊은 우물에 키스해요. 손으로는 뻣뻣하게 선 당신의 물건을 만지고 있어요. 팬티 밖에서 당신의 물건을 입에 물었어요. 말을 하면서 그녀는 대바늘을 혀로 핥아본다. 차가운 감촉. 너무 커서 입이 아프네요. 어때요. 좋아요? 벌써요? 그녀는 손에 들고 있던 바늘에 혀끝을 살짝 찔리고 만다. 오늘은 너무 이른데요? 통화 시간이 십 분도 되지 않았어요. 알았어요. 차렷 자세가 당신을 긴장하게 만들어서 그런가 봐요. 다음에 또 전화할게요. 잘 자요. 끊을게요.

전화 저편의 남자는 그녀의 목소리에 흥분한다. 그는 그녀의 '핑!'에 이 초 만에 '퐁!' 하고 답을 해왔다. 그녀는 그날 저녁 신사동에 있는 그의 사무실로 찾아가 그를 만났다. 남자는 그녀를 보자마자 누구인지 묻지도 않고 명함을 건넸다. 그녀는 명함을 가지고 있지 않아, 옷에 붙어 있던 단추 중 제일 큰 것 하나를 뜯어 그의 손에 쥐여주었다. 그게 끝이었다. 며칠 후 남자가 그녀에게 전화를 했다. 그리고 폰섹스를 원한다고 말했다. 그녀는 흔쾌히 응낙했다. 그는 아내와 관계하지 못한 지 오래되었다고. 자신이 불능이라고만 생각했는데. 단추의 목소리가 몹시 흥분을 일으킨다며. 하지만 불륜을 저지르고 싶지는 않다며. 가끔 폰섹스를 해줄 수 있는지 조심스럽게 물어왔다. 그녀는 폰섹스보다 더한 것도 할 수 있다고 단호하게 말해주었다.

〈단추, 카페〉에서 밖을 내다보면 건너편 자리에 늘 한 남자가 서 있다. 그 남자는 지금도 그녀를 보고 있다. 그녀는 조개껍데기로 만들어진 단추를 꺼낸다. 단추를 눈에 대고 작은 구멍으로 그를 본다. 남자는 여전히 그녀를 주시하고 있다. 그녀는 남자를 향해 조개의 빛을 반사시킨다. 그 빛으로 남자를 태워 죽일 것같이. 그 남자는 그 상가에서 유일하게 벌이가 괜찮은, 마트의 주인이다. 남자와 그의 아내는 늘 의욕이 없는 몸짓으로 면장갑을 끼고 물건들 위에 앉은 먼지를 털어낸다. 매번 사는 게 너무 재미없다는 표정으로 거스름돈을 내주면서 사는 사람들.

〈단추, 카페〉의 주인은 단추 구멍으로 보기를 좋아한다. 모든 단추에는 구멍이 있다. 단추의 재료가 무엇이든. 무슨 색깔이든. 하나이든 두 개이든 아니면 네 개이든. 그 어떤 단추도 구멍 없이 고정될 수는 없기 때문이다. 구멍이 없으면 그것은 단추가 아니다. 그녀는 단추에 난 작은 구멍을 통해 세상을 바라본다. 구멍이 너무 작아서 세상이 잘 보이지는 않았지만 그것만큼 흥미롭게 세상을 볼 수 있는 방법이 달리 생각나지 않았다. 그녀의 작은 구멍에 자주 비치는 남자는 저편에서 늘 기다리고 있었다는 듯 축 늘어진 어깨를 겨우 지탱하며. 그녀를 마주 바라본다.

가게에 새로운 사람들이 찾아왔다가 단골이 되었다가 사라져버리고 다시 새로운 사람들이 빈자리를 채우기를 계속하는 것처럼 그녀의 남자들도 바뀌고 머물렀다 다시 바뀌는 순환이 계속되었다. 그녀는 그들과 한 몸이 되었다가 두 몸이 되었다가 세 몸이 되었다가 다시 한 몸이 되었다가를 계속했다. 그녀는 자신의 사랑이 재활용이라고 느꼈다. 어쩌면 그녀의 생 자체가 재활용인지도 모른다고도 생각했다. 상처받은 눈빛으로 위무를 갈구하는 사람들을 보면 단추, 그녀는 그들을 좀 더 빛나게 만들어주고 싶다고 느꼈다. 상처는 어차피 흔적을 남기지 않을 수 없으므로, 그 흔적이라도 아름답게 만들어주고 싶었다.

마트 주인 남자를 만나기 전 그녀는 편의점 앞에서 맥주를 마시고 있었다. 남자는 슬그머니 그녀의 앞자리에 앉았다. 마트의 문이 잠기고. 남자의 아내가 집으로 먼저 돌아간 늦은 밤이었다. 그녀는 남자에게 한잔하겠냐고 물었다. 그는 소리는 내지 않고 고개만 위아래로 끄덕였다. 편의점 유리 벽 안쪽을 향해 그녀는 캔을 들어 보이며 손가락 두 개를 펴 보인다. 자주 있는 일인 듯 편의점 주인이 맥주 캔 두 개를 들고나온다. 편의점 앞의 파라솔 밑에서 남자는 그녀의 가슴골에서 시선을 떼지 못한다. 그녀는 맥주 캔을 남자에게 건네며 일부러 상체를 앞으로 숙여 그녀의 가슴이 그의 눈에 더 잘 보이도록 한다. 남자는 맥주를 받을 생각도 못하고 속옷을 입지 않아 둥그렇게 처진 그녀의 붉은 젖꼭지를 똑바로 바라보았다. 그녀는 그의 시선과 편의점 주인의 시선이 동시에 머무는. 자신의 몸을 일으켰다. 지갑에서 돈을 꺼내 편의점 주인에게 주자 그가 아쉬운 표정으로, 가게 안으로 들어간다. 남자와 그녀는 맥주를 다 마실 때까지 아무런 말도 하지 않았다. 깡통이 비워지자, 그녀는 인사도 없이 일어나 걷기 시작했다. 남자가 거리를 두고 그녀를 줄래줄래 따라왔다. 그녀가 집까지 따라온 남자를 무시하고 현관문을 닫으려 하자, 남자의 앙상한 팔이 삽시간에, 애절하게, 문틈으로 들어온다. 그녀는 남자의 여윈 팔을 문 안으로 힘껏 끌어당겼다.

어두운 집. 불도 켜지 않고 그녀는 침대로 가 남자의 옷을 벗기고 자신의 옷도 모두 벗어버렸다. 남자를 뉘고 나서 그녀는 침대 협탁 서랍에서 새로 사둔 골무를 꺼내 손에 끼운다. 쇠로 된 골무는 메탈 음악을 좋아하는 젊은이들의 반지처럼도 보인다. 그것은 밋밋하지 않다. 바늘귀 크기의 작은 골이 딸기 씨 박히듯 촘촘히 패어 있다. 그녀는 골무를 양쪽 손가락에 모두 끼우고, 남자를 애무한다. 강하게 남자의 피부를 자극한다. 남자는 조금 놀란다. 하지만 그녀가 남자의 손을 자신의 젖가슴에 대어주자 남자는 가슴의 부피와 촉감에 빠져 곧 그녀의 손길에 서서히 자신의 몸을 맡긴다. 그녀가 쇠로 무장된 손으로 남자의 성기를 잡고 오럴 섹스를 시작한다. 남자의 두 손이 자신의 머리카락을 쥐었다. 그녀의 머리카락을 쥐었다. 이불을 움켜쥐었다. 자리를 찾지 못하고 사방을 헤맨다. 그녀는 조금씩 더 강도를 높여 남자의 몸 곳곳에 골무의 무늬가 찍히도록 누르고 찍고 긁는다. 피부는 고통을 감지하는 센서다. 그러나 신중하게 피부를 다루면, 설사 바늘이 뚫고 들어온대도 고통스럽지 않다는 것을. 그녀는 이미 손바닥 바느질을 통해 알고 있었다. 그녀는 고통스럽지 않은 상처로 남자를 이전과는 다른 즐거운 곳으로 이끈다. 어찌할 줄을 모르고 버둥거리는 남자의 몸 위로 단추가 올라탄다. 남자가 헉. 소리를 삼킨다. 그녀는 지금부터 시작이라는 듯 검지를 입에 대고 쉿~. 그녀의 풍만한 엉덩이가 리드미컬하게 움직이자 남자는 사경을 헤매듯 눈빛을 게게 푼다. 그녀는 남자의 몸을 타고 앉아 템포 조절을 한다. 남자는 아무런 저항도 하지 못한다. 그는 자신이 할 수 있는 일을 하나도 찾을 수 없다. 그녀의 이 움직임이 멈추지 않기를. 그리고 어서 멈추기를. 바랄 수 있을 뿐이다. 그녀는 남자의 몸을 바늘 삼아 자신의 단추 구멍에 통과시키는 행위를 정성스레 반복한다. 두 몸이 그렇게 하여 고정될 수 있을 것처럼. 남자가 결국 비명을 지르며 일어났다. 그녀는 일어나 앉은 남자의 어깨를 잡고 속도를 높인다. 몇 초 뒤. 남자의 몸에 있던 모든 기운이 빠지고. 남자는 쓰러져버렸다. 그녀는 쓰러진 남자의 몸에 마지막으로 콕콕콕. 쇠로 된 골무의 무늬를 찍는다.

그녀의 이름은 단추. 카페의 주인이다. 〈단추, 카페〉에 필요한 것은 단추와 바늘, 실뿐이다. 그녀는 지금 니트 드레스를 수선 중이다. 고가의 명품 브랜드 제품이다. 아마도 이 옷의 주인은 자신만의 퀄리티를 보편적인 기성품에서 찾기 싫어하는 부류일 것이다. 어떤 옷이든 돈에 크게 구애받지 않고 구매할 수 있는 경제력을 지닌 사람. 그렇다고 브랜드 가치만을 믿고 살기는 싫은. 자존심이 센 사람일 것이다. 이 드레스에 어울릴 만한 단추를 골라본다. 블랙의 의상에 골드 단추가 일정한 간격으로 달려 있는 이 옷을 어떻게 하면 주인에게 어울릴 새로운 느낌으로 되살릴 수 있을까. 주인의 욕망을 충족시키려면 강렬한 붉은색을 쓰는 것도 좋을 것이다. 그러나 〈단추, 카페〉에서 그 옷은 이미 가격과 상관없이 얌전히, 또 다른 상처를 기다리는 물건일 뿐이다. 밋밋하고 단순한 느낌에 변화를 주기 위해 골드 버튼들을 떼어내고 진주 단추를 프리패턴으로 단다. 이 옷의 주인은 진주가 주는 화려함과 슬픈 의미를 덧쓰고 비밀스러운 이야기를 숨긴 여자가 되어 자신의 아름다움을 과시할 것이다. 수선을 마무리하기 전. 그녀는 드레스의 옆지퍼를 뜯어내고 2.5센티 간격으로 여밈 단추를 단다. 그 단추로 인해 옷의 주인은 언제든 더 매혹적으로 자신을 열 수 있을 것이다. 그러고는 곧 단단한 껍질 속에 숨어 존재를 위장하는 진주보다 이 열리기 위해 존재하는 숨은 단추들을 더 사랑하게 될 것이다. 후두둑 빗소리를 내며 열리는 나란한 단추들을.

어린 것들은 작고 약하다는 이유만으로 아름답다. 초록의 여린 잎이 줄기에서 돋아날 때마다 〈단추, 카페〉 주인의 몸에도 소름이 돋았다. 그것은 더 이상 어떻게도 손댈 수 없는 가치를 지닌 것이다. 그런 식의 아름다움에 단추의 손길 따위는 필요치 않았다. 그래서 그녀는 그런 아름다움을 혐오했다. 그녀는 가게 한 편에 놓인 나무의 줄기를 따라 연두색의 작은 잎들이 새로 돋아날 때마다 그것을 똑똑 부러뜨렸다. 그러고는 실로 단추 열매를 달았다. 채도가 높은 원색의 단추들이 나무에 대롱대롱 열매로 열렸다. 〈단추, 카페〉의 물건들은 그렇게 생명이 없는 것과 있는 것 사이를 오갔다. 산 것이 죽고. 죽은 것이 살아나고. 산 것이 죽었다가 다시 또 살아난다.

따로 모아둔 〈단추, 카페〉의 삭아 부서지거나 조각난 단추들을 합해 놓으니 십오 리터 철제 양동이 하나가 가득 찼다. 단추가 가득 담긴 양철통에 손을 넣어본다. 차가운 단추의 알알이 손에서 미끄러진다. 단추들을 하나하나 집어내며 그동안 만난 얼굴들을 떠올려본다. 많은 사람들을 만난 것 같은데 겨우 마흔두 개. 단추의 나이에 멈춰 더는 기억나지 않는다. 그제껏 만난 수강생만도 수백 명은 될 것 같은데. 모두 눈, 코, 입이 사라진 하얀 얼굴들이다. 단추를 골라 새로운 얼굴을 만들어본다. 눈이 너무 크거나, 입이 너무 작은 얼굴들. 그러나 〈단추, 카페〉에서는 그런 얼굴들을 환영한다. 모나고 뒤틀린 것들도 그 나름대로의 자리가 있는 곳이니까.

깊은 밤. 단추가 단추 한 양동이를 들고 동네의 낡은 놀이터를 찾아간다. 신발 속으로 모래가 들어가 맨발의 발바닥이 까끌까끌하다. 충전식 글루건(glue gun)을 점검하고, 어둠을 응시한다. 단추를 한 움큼 주머니에 넣고 먼저 정글짐의 맨 꼭대기로 올라간다. 정글짐의 맨 윗면에 글루를 쏘고 나서 오톨도톨 촉감이 강한 단추들을 붙이기 시작한다. 다음은 미끄럼틀이다. 맨 위의 계단에 부서지지 않는 종류의 단추들을 다닥다닥 붙여둔다. 뱅글뱅글 돌아가는 지구의의 중심에도 햇빛에 반짝반짝 빛날 유리 단추들을 잔뜩 붙인다. 마지막으로 그네에는 줄이 매달린 봉에 붙이기로 한다. 그네가 흔들려 내려왔다 올라가기를 몇 번이나 계속해야 했다. 흔들리는 그네를 타고 부들부들 떨며 단추를 붙이려 하면 어느새 글루가 말라버려, 쏘고 붙이고 쏘고 다시 붙이고 쏘고 또 붙이기를 반복했다. 그네 봉을 남은 단추로 덕지덕지 채우고 나니, 허리가 끊어질 것처럼 아파왔다. 그렇지만 정글짐의 맨 꼭대기까지 올라간 아이들만 만질 수 있는 단추, 미끄럼틀 계단을 끝까지 올라간 아이들이 밟게 될 단추, 돌고 또 돌아도 중심만큼은 그대로 빛날 단추, 그리고 하늘 끝까지 올라갈 듯 다리를 구르며 그네를 타는 아이의 시선에 부딪힐 단추를 생각하니, 꽤 멋진 단추, 놀이터를 만든 것 같다.

미명. 〈단추, 카페〉의 주인은 놀이터 가장자리에 놓인 벤치에 앉아 있다. 조금 남은 글루를 이용해 모래가 잔뜩 들어간 뾰족구두의 굽에 굴곡 없는 메탈 단추를 하나씩 붙인다. 눈을 감고 얼마가 흘렀을까. 이 분? 삼 분? 단추가 단단히 붙자, 빈 양동이를 든 그녀가 일어나 걷기 시작한다. 새발뜨기의 지그재그 동선이다. 시멘트 바닥에 부딪치는 메탈 단추의 경쾌한 소리가 놀이터 주변의 새벽을 울린다. 딱 딱 딱 딱 딱 딱 딱 딱 딱 딱 딱 딱 딱 ⚡

빅마마의 몸무게는 256킬로그램이다. 그보다 좀 더 늘었을지도 모른다. 어쩌면 줄었을 수도 있다. 몸무게를 재어본 지 너무 오래되었다. 그러니 아무도 정확한 숫자를 알 리 없다. 1미터 이상 걷는다는 게 어떤 것인지…… 직립보행의 감각이 점점 아련해지고 있다. 빅마마는 살결이 하얗다. 계속해서 밀려오는 지방이 틈을 주지 않기 때문에 팔꿈치나 발뒤꿈치에조차 각질이 생길 여유가 없다. 그러나 엉덩이만은 예외다. 엉덩이는 빅마마의 몸 중 유일하게 굳은살이 있는, 거친 부위다. 빅마마가 취할 수 있는 동작은 앉는다, 비스듬히 앉는다, 눕는다, 세 가지뿐이다. 어쩔 수 없이 엉덩이 면적만은 다른 곳과 종일 맞부딪고 만다.

올리비아의 주된 일과 중 하나는 빅마마의 엉덩이 각질을 제거하고 부드럽게 마사지하고 살이 겹치는 부위의 피부가 짓무르지 않도록 베이비파우더를 덧바르는 것이다. 빅마마의 오금이나 사타구니, 턱이나 팔꿈치 안쪽, 경계였으나 더는 경계가 되지 못하고 이제는 몇 겹의 살로 늘어진 곳들은 조금만 땀이 나도 짓무르고 만다. 올리비아는 늘 통풍과 온도를 조절하고 적절한 습도를 유지하려고 노력한다. 하지만 너무 쉽게 흥분하는 탓에 빅마마의 피부는 자주 진물을 머금고 있거나 창(瘡)이 생겨버리곤 한다.

올리비아가 빅마마의 턱살을 들어 올리고 한때는 목이었던 곳에 분첩을 지그시 갖다 댄다. 커다란 분첩을 탁탁 두드리자 파우더 가루가 뽀얗게 날린다. 공기 중에 떠다니던 파우더 입자들이 창틀에, 책상 위에, 냉장고 위에, 서랍장 위에 가볍게 내려앉는다. 부주의해서가 아니라 경계를 확신할 수 없어서, 올리비아는 가끔 빅마마의 얼굴에도 파우더를 묻히곤 한다. 얼룩진 분장의 가부키 배우처럼 군데군데 하얀 가루를 뒤집어쓴 빅마마. 집 안은 환기가 잘 되지 않는다. 대용량 공기청정기 세 대를 한꺼번에 돌려도 빅마마가 뿜어내는 암내가 금세 집 안을 점령하여 별 소용이 없다.

덩치에 비해 너무 작아 보이는 손거울을 들고 경건하게 화장을 하는 빅마마는 하루도 빼놓지 않고 뷰러와 마스카라로 속눈썹을 빳빳하게 세운다. 그리고 눈매가 더 크게 보이도록 위아래로 굵고 검은 아이라인을 그린다. 그렇게 짙게 화장을 해야만 빅마마는 비로소 자신이 빅마마가 되었다고 느낀다. 화장이 끝나야만 그녀는 의뢰인과의 상담을 시작하며 화장을 지우고는 고객을 만나지 않는다. 분장을 지운 배우는 배우가 아니듯 화장을 지운 빅마마는 빅마마가 아니다. 늘 똑같은 짓을 반복하며 맹목적으로 살지 않으려고, 내일을 새롭게 살기 위해, 매일 밤, 빅마마는 짙은 화장을 지우고 죽는다.

침대에는 두 사람이 누웠다. 한 사람은 여자고 한 사람은 남자다. 여자는 허연 돼지같이 살이 쪄 제대로 움직이지 못한다. 가슴에 손을 가지런히 모으고 눈만 껌벅이고 있다. 남자는 너무 말라 언뜻 장작처럼 보인다. 여자는 남자를 검은 미라라고 부른다. 검은 미라가 여자 옆에 누워 있다. 길게 깡마른 미라. 붕대는 감겨 있지 않다. 만지면 부서질 것처럼 얇은 팔다리가 가끔씩 파르르 떨린다. 정돈되지 않은 긴 머리카락 사이사이로 검게 변색된 남자의 얼굴이 보인다. 퀭한 두 눈은 뜬 채로 고정되어 있다. 여자는 그 옆에 누워 천장을 바라본다. 남자 역시 가슴에 손을 가지런히 모으고 천장을 보며 눈을 껌벅이고 있다. 그들은 부부다. 여자는 잠에서 깨어날 때마다 남자가 죽었는지 확인한다. 하지만 남자는 가쁜 숨을 쉽게 놓지 않는다. 남자는 간이 나빴다. 오랫동안 누렇던 얼굴이 어느새 검게 변해버렸다. 여자는 이제 잠에서 깨어 돌아보았을 때 남자가 숨을 쉬어도 이미 죽은 것이라 여기고 있었다. 여자는 남자에게 많은 신경을 쓰지 않았다. 식탐이 다른 신경 회로를 함락시켜버렸기 때문이다. 남자는 거의 먹지 않는다. 여자는 검은 미라 옆에 누워 무엇이든 먹는다. 여자의 입에서 나는 찹찹찹찹－짭짭짭짭－호로로로 소리가 검은 미라의 귓속으로 들어간다. 고불고불한 귓속 길을 지나 목으로, 위(胃)로 내려갔던 소리가 장을 지나 검은 미라의 항문으로 피시식 새어 나온다. 그들은 부부다.

검은 미라가 퀭한 눈빛으로 물었다. 아이는? 여자는 먹으며 마시며 말하다 또 먹으며 마시는 틈을 타 말한다. 어느 맑은 날 내 속을 온통 꺼내 깨끗하게 닦아 돗자리처럼 널어놓았더니 아이가 그것을 가지고 한참을 놀더라. 그 애는 양산처럼 그것을 머리에 쓰고 빛을 피하는 시늉을 하더니 또 조금 있다가는 우산 삼고 비를 피하다 어느 순간 춥다고 그것을 덮고 누워 잠이 들더라. 그러다 잠에서 깨어나 흙 묻은 발로 그것을 밟으며 어딘가로 총총 가버리더라. 가버렸다는 말끝에 검은 미라가 눈을 감았다. 끝나지 않는, 둘 사이의 돌림 노래 같은 이야기였다. 여자가 손가락으로 검은 미라의 눈을 벌려본다. 미동도 없다. 그러나 여자는 끈질긴 집착으로 끝내 검은 미라의 몸을 일으켜 세우고 검은 미라의 얼마 남지 않은 체액을 빨아 먹는다. 여자는 검은 미라에게서 풍겨 나오는 악취마저 흡입한다. 결국 검은 미라는 축 늘어져버렸다. 포동포동한 여자의 하얀 손이 검은 미라의 앙상한 손을 사랑스럽게 잡는다.

빅마마는 지금 상담실의 황금빛 보료 위에 누워 가슴에 손을 모으고 있다. 빅마마는 아스트롤로지아, 점성술사다. 그녀는 아스트롤로지 중에서도 그때그때의 질문에 대한 답을 별자리에 기대어 찾는 호라리에 특히 능했다. 그럼에도 불구하고 대부분의 의뢰인은 인생 전체를 보여주는 네이탈을 원했다. 빅마마의 네이탈 차트 해석은 회당 500만 원을 호가한다. 시간으로 치면 한 시간 정도 걸리는 작업이다. 상담은 단골부터 우선적으로 이루어진다. 그리고 나서야 선착순 상담이 시작된다. 빅마마의 통장 계좌에 입금 확인이 된 예약 상담은 현재

128건이다.

검고 두꺼운 아이라인을 그리고 새치가 반인 머리카락을 일부러 부풀려 산발한 빅마마는 인간과 신의 중계자를 자처하며 둘 다를 농락하며 먹고산다. 그러나 빅마마는 신에 기대지 않는다. 대신 별에 의존한다. 신을 믿는 이들이 믿기 때문에 본다면, 빅마마는 보이기 때문에 믿는다. 빅마마는 별을 통해 사람 사이의 관계나 미래의 상황을 유추하고, 진짜 점쟁이처럼 예언한다. 중요한 건 빅마마가 진짜 같다는 것이다. 빅마마가 정통을 잇는 진짜 아스트롤로지아인지 가짜인지는 중요치 않다. 그녀를 찾은 사람들이 진짜라고 믿는다는 것이 중요하다.

빅마마는 방문을 넘어 들어온 의뢰인들에게 달콤한 초콜릿으로 첫인사를 건넨다. 그것은 빅마마의 러브콜이다. 행성의 사인(sign)으로 포장된 작은 초콜릿을 건네며 빅마마는 '이건 행복해지는 약, 꿈으로 들어가는 마취제'라고 말한다. 사람들은 그 말을 시답잖다고 생각하면서도 껍질을 까 초콜릿을 입에 넣으면서는 어느새 빅마마의 최면에 동조하게 된다. 달콤한 미각에 취해 자신을 잊고 행복한 꿈으로 이동한다. 꿈속에서 사람들은 현실을 변주하고 각색하여 자기 것으로 만들려고 아등바등한다. 몸은 정해진 자리에 있으면서도 정신은 좌표를 이탈하고 별자리 어딘가를 헤매는 사람들에게 빅마마는 행복의 희망을 준다.

빅마마의 최면 속에서 들리는 첫 번째 노래는 이렇다.

당시~인은 누구십니까?

나아는 비익마아마.

그 이이~름 뚱뚱하구나.

당시~인은 누구십니까?

나아는 수우우우박.

그 이이~름 우으습구나.

빅마마와의 대화에서 상대들은 모두 자신의 이름을 버리고 새로운 이름 하나씩을 얻는다. 그 별명에 만족하며 그들은 러브콜에 계속 응한다. 러브콜은 대부분 일회에 그치지 않고 지속적으로 이어진다. 빅마마는 의뢰인이 스스로 구한 새로운 이름의 끝에 '운명이란 긴 시간을 두고 완성되는 것'이라고 새겨두기를 잊지 않기 때문이다.

숨는 아이가 있었다. 숨어서 자는 아이. 아이는 늘 집을 지었다. 집의 모양은 언제나 네모였다. 커다란 상자 하나면 족했다. 그 상자 네 면 중 하나에 뚫은 작은 문, 하나. 집은 작고 단정했다. 색깔은 모른다. 아마도 검은색. 아이는 그 안에서 잔다. 어쩌면 전혀 자지 않는지도 모른다. 아무튼 아이가 언제 전혀 자지 않고 언제 늘 자는지, 아무도 모른다. 숨는 아이네 옆집에 훔치는 아이가 살았다. 훔쳐 먹는 아이. 엄마에게 혼이 나면 아이는 집을 나와 동네를 빙빙 돌다 또 빙빙 돌고 그러고는 낯선 동네로 갔다. 낯선 곳으로 갈 때는 두려워하지 않고 늘 처음 가

보는 길을 택했다. 당도한 곳의 슈퍼마켓에서 되는대로 먹을 것을 훔쳤다. 때로는 분식집 가판대에 놓인 튀김이나 찐빵 같은 걸 그냥 집어 먹기도 했다. 이유는 없었다. 엄마가 화가 난 것처럼 자신도 화가 났을 뿐. 어쩔 땐 훔치다 걸렸다. 아이는 당황하지 않고 도로 물건을 돌려주거나 이미 먹었으면 미안하다고 사과했다. 부모가 누구냐며 부모 전화번호나 집 전화번호를 대라고 닦달하는 어른을 만나면 엄마에게도 집에도 전화기가 없다고 했다. 때리고 싶으면 때리라고 말할 때도 있었다. 훔쳐 먹은 것이 소화될 때쯤 엄마는 화가 풀렸을까 생각하며 다시 집이 있는 동네로 향했다. 어둠 속을 오래 걸어 당도한 집에는, 아이가 들어오지 않았는데도 불이 모두 꺼져 있었다. 아이는 소리를 내지 않으려 애쓰며 어둠을 살금살금 건너 구석 자리를 찾아가 누웠다. 이불 밖으로 나온 아이의 발이 무척 더러웠다. 아침이 되면 아이의 엄마는 출근 시간이 이른 일터로 서둘러 떠났고 혼자 남은 아이는 학교에 가도 좋았고 가지 않아도 좋았다. 배가 고프면 낯선 가게에 가서 훔쳐 먹고 불쌍한 연기를 당당하게 하고 나오면 그만이었다. 훔쳐 먹는 아이가 가끔 숨는 아이를 만나 그 애의 작은 집에서 쉬었다. 숨는 아이의 집은 훔쳐 먹는 아이 때문에 점점 좁아졌다. 하지만 훔쳐 먹는 아이가 숨는 아이의 집에 들어오면 불이 없어도 집 안이 밝아지는 것 같았다. 둘은 커서 결혼을 하기로 약속했다. 훔쳐 먹는 아이가 숨는 아이에게 약속의 증표로 손목에 시계를 그려주었다. 그때부터 그들만의 시간이 똑딱똑딱 흘러갔다.

당신이 점성술을 믿지 않는다고 해도, 객관적 우연은 언제나 반복되고 또 이어지고 있어. 역사가 별건 줄 알아? 죽어가는 노인과 태어나는 아기의 자리바꿈이 소용돌이치는 시간, 그것 이상도 이하도 아냐. 생각을 잘 해보라고. 의뢰인은 뭔가 억울하고 부조리하다는 것을 만면에 드러내고 있었다. 당신의 차트는 말하고 있어. 지금 당신이 왜 곤란한 처지에 빠졌는지를. 하지만 당신이 궁금한 건 그 원인보다 해결할 방법이겠지. 운이 좋게도 당신은 이 고비를 잘 넘길 운명이야. 걱정하는 일은 의외로 잘 풀릴 거야. 하지만 조심해야 할 게 있어. 당신이 자신을 믿지 않으면 아무것도 안 돼. 당신 주인 행성의 특징이 그래. 좋은 운을 가지고 있는데도 의심한단 말이지.

자, 내 말이 맞다고 생각하나? 틀리다고 생각하나? 흠, 당신은 지금도 의심하고 있어. 믿지 않으면 아무것도 진짜가 되지 않아. 당신은 내가 '자동차가 하늘을 날고 있다'라고 말하면 웃기는 소리라고 생각하겠지. 하지만 나는 자동차와 꼭 닮은 모양의 구름을 비유적으로 표현한 것일 수도 있어. 그렇지 않아? 무조건 의심하고 믿지 않으려 드는 성격을 고쳐. 자신이 옳다고 믿어야 옳은 일을 하는 사람이 되거든. 그럼 이제 내가 주문을 하나 걸어볼까? 당신은 지금부터 아주 작아져서 내 성기로 빨려 들어갈 거야. 그러고는 거기에서 생각지도 못한 강하고 큰 기운을 얻어 나오게 될 거야. 이봐. 믿으라고 했잖아? 의심하면 아무것도 되지 않아. 응?

남자는 눈을 감고 생각한다. 작아진다. 아주 작아진다. 점점. 점점. 상상 속에서 남자는 성냥개비만큼 작아져서 빅마마의 성기 속으로 들어간다. 그곳은 언젠가 그가 지나온 길이다. 그 익숙하고도 낯선 길에서 그는 피에로처럼 팔과 다리를 활짝 벌리고 텀블링을 해본다. 몇 바퀴를 돌고 또 돌고 돌아 의외로 빨리 지쳐버렸을 때, 어둡고 따뜻한 곳에 앉아 몸을 웅크리고 쉰다. 그는 까무룩 잠이 든다. 한참 만에 이게 무슨 꿈인가 싶어 어리둥절해하며 깨어났을 때, 그의 몸은 점점 커져 머리부터 빅마마의 몸에서 벗어난다. 그가 팍! 참던 숨을 내뱉자 성냥골에서 불이 치-익 하고 꺼지는 소리가 들린다. 돌아온 그의 몸은 빅마마의 비대한 다리에 눌려 있었다. 소년처럼 작은데 잔뜩 늙은 남자가 빅마마를 본다. 갓 태어난 강아지의 몸을 둘러싼 양막과 같은 우윳빛의 점액질을 뒤집어쓴 채로. 그는 웃는다. 행복함을 처음 맛본 표정이다. 그는 편안한 표정을 얻었고, 그것을 완전히 잃기 전에 다시 빅마마를 찾을 것이다. 그리고 다시는 빅마마의 말에 의심의 시선을 던지지 않을 것이다.

점성술 상담의 방식은 크게 세 가지로 나뉜다. 직접 면대면하는 경우와 전화 상담을 하는 경우 그리고 인터넷 상담 게시판에 리플을 다는 경우다. 빅마마를 부르는 상담 전화의 분당 수가는 상당하다. 십여 분 남짓의 통화에도 기십만 원의 돈이 통화료 조건으로 이체된다. 빅마마가 돈에 크게 연연해하는 것은 아니지만 이 결제 시스템으로 들어오는 돈만도 엄청나다. 하지만 전화로 십 분을 채우는 것은 쉬운 일이 아니다. 빅마마가 애용하는 방법은 자신은 말하지 않고 상대로 하여금 말하도록 유도하는 것이다.

빅마마는 전화 상담 초반에 질문을 많이 한다. 어제 꾸었던 꿈에 대해, 꾸고 싶은 꿈에 대해, 오래전의 인상적이었던 꿈에 대해 묻고 또 묻는다. 그리고 그 꿈에 해당하는 별들의 운명에 대해 이야기한다. 이후 상담에서 빅마마는 짧게 응답하고 의뢰인의 말은 길게 이어진다. 빅마마는 차트지에 낙서를 하며 가만히 듣는다. 최선을 다하는 것처럼 보이지는 않는다. 하지만 전화 상담의 마지막 타이밍에 그녀의 낙서는 어떤 해결책을 담고 있는 신비의 문서로 탈바꿈한다. 빅마마는 낙서한 내용을 일목요연하게 정리해 전달한다. 빅마마는 거짓을 말하지 않는다. 다만 진실이 무엇인지 모를 뿐이다.

최근 몇 년간은 방문 의뢰인이나 전화 상담보다는 인터넷 상담 건수가 폭발적으로 늘었다. 컴퓨터 안에는 수많은 사람들의 궁금증이 들어 있다. 빅마마는 그 궁금증에 돈을 받고 답한다. 서쪽으로 가라든지 물을 조심하라고 하지는 않는다. 그녀의 말은 모두 진리이거나 적어도 진리에 가깝다. 돈을 벌고 싶으면 돈이 있는 곳으로 가야 하고 움켜쥐는 방법을 찾아야 한다. 사실 그것이 대부분의 사람들이 가장 알고 싶어 하는 내용이다. 그러나 각자 갈 수 있는 곳과 가서 얻을 수 있는 양은 모두 다르다. 빅마마는 누군가의 운명을 정하거나 만들지는 못한다. 빅마마가 할 수 있는 것은 정해진 것을 알리는 것, 그게 다다.

훔쳐 먹는 아이는 숨는 아이와 결혼했다. 숨는 아이는 계속해서 집을 지었다. 노동의 대가는 훔쳐 먹는 아이의 뱃속으로 차곡차곡 들어갔다. 훔쳐 먹던 아이는 이제 훔치지 않았다. 대신 숨는 아이와 열심히 사랑을 해 아기를 낳았다. 훔쳐 먹던 아이의 아기는 믿기지 않을 만큼 작은 저체중아였다. 숨는 아이와 훔쳐 먹던 아이는 작은 아기를 정성으로 보살폈다. 훔쳐 먹던 아이의 젖가슴은 희뿌옇고 풍만했지만 의아하게도 진짜 젖은 나오지 않았다. 저체중의 아기는 평균 체중에 이르지 못했다. 숨는 아이는 돈을 벌어야 했지만 그리 오래 일하지 못했다. 간이 나빠서였다. 숨는 아이가 일을 못하자 훔쳐 먹던 아이는 다시 훔쳐 먹었다. 어느 날 실컷 훔쳐 먹고 집으로 돌아왔을 때 숨어 자는 아이가 침대 귀퉁이에 끼어 자고 있었다. 아기를 가슴에 꼭 안은 채였다. 아기는 숨을 쉬고 있지 않았다. 훔쳐 먹는 아이는 슬펐다. 숨는 아이도 슬펐다. 훔쳐 먹는 아이는 더 먹었고 숨는 아이는 더 숨었다. 그 후 숨는 아이는 아무 곳으로도 나가려 하지 않았다. 침대 구석으로부터 벗어나려고 하지 않았다. 훔쳐 먹는 아이는 숨는 아이가 아무것도 먹지 않고 죽어가는 것을 지켜보았다. 숨는 아이가 내어놓은 창을 열면 별이 보였다. 훔쳐 먹는 아이에게 의지할 것이라고는 그 별밖에 없었다.

이번 의뢰인은 여대생이다. 여대생이면서 인터넷에 성인용품을 파는 사이트를 운영하고 있는 사장이기도 한 그녀가 빅마마의 상담 게시판에 남긴 질문은 이랬다.

"존나 열받는 게요. 어떤 새끼가 저를 진짜 좋아하고 있다고 생각을 했는데요. 뭐 그렇게 오래 만난 건 아니고 한 이 주쯤 됐나? 하튼 그랬거든요. 근데 제가 그런 성에 대한 지식이 남들보다 좀 해박하잖아요. 그게 좀 이상하다는 거예요. 그래서 뭐가 이상하냐고, 그런 거에 관심 많은 사람도 있고 없는 사람도 있고 그런 거 아니겠냐? 그랬어요. 그리고 나는 그런 걸 틈새로 노리고 장사를 하는 사람이다. 그래서 돈도 벌고 성공도 하고 싶다 그랬어요. 그랬더니 그 순간 그 새끼가 하는 말이 제가 겁나 부끄럽다는 거예요. 어디 가서 여친 하는 일 물어보면 뭐라 그러냐고 하면서 낄낄 웃는데, 순간적으로 확 열 받아서 그 새끼 대갈통을 깨버리고 싶더라구요. 아무튼, 아무튼 참았어요. 근데 저는 일로는 진짜 제가 프로라고 생각하거든요? 일은 잘 되는데 개인적으로 이 일을 시작하고 연애가 안 되는 거예요. 제 일이 누군가의 성욕을 충족시키는 뭐 그런 건데, 오히려 제가 불만족스러워지는 상황이 너무 많이 생기는 거예요. 그래서 저 지금 완전 딜레마에 빠졌거든요? 일을 그냥 확 그만두면 다른 쪽으로 풀리는 건지. 제가 아직 나이도 어리고 하다 보니까. 이런저런 생각이 많이 들거든요. 그래서 어쨌든 제가 제일 궁금한 건요. 제가 지금 하는 성인용품 파는 인터넷몰을 접어야 할까, 아니면 계속 해야 할까 하는 거예요. 이거 하면서 부모님한테 손 안 벌리고 학교 등록금 내고 용돈도 제가 번 걸로 쓰고 저축도 꽤 많이 하게 됐는데, 아~ 모르겠어요. 그래서 하도 답답해서 용하다고 알음알음 소문났다기에 한번 찾아와 봤거든요. 시원하게 답 좀 내려주세용~"

청산유수의 언변을 가진 부류의 사람들이 빅마마를 찾는 것은 지독히 외롭거나 자신이 혼자서는 감당하지 못할 일을 만들었기 때문이다. 역시나 여대생의 차트는 태양과 달이 토성과 불길하게 스퀘어로 애스펙트를 이루고 있었다. 하지만 빅마마는 함부로 짐작하지 않는다. 빅마마의 첫 번째 리플은 간단했다. "여보쇼, 무르팍 도사도 아닌데 내가 어떻게 해결책을 팍팍 내리나. 근데 너의 운이 어느 쪽에 더 긍정적인 포인트가 있는지 정도는 말해줄 수 있겠지?" 감질날 정도로만 글을 남겨두면 의뢰인은 반드시 빅마마를 다시 찾게 되어 있다. 아니나 다를까 여대생이 접속을 했다. 빅마마는 여대생에게 채팅 신청을 한 뒤, 질문에 대한 답을 듣기 전에 빅마마 자신에게 맞는 성인용품을 추천해보라고 했다. 여대생은 망설임 없이 여러 종류의 여성용 성행위 보조기구 이름들을 댔고 그 기구의 기능이 무엇인지 어떤 식으로 작동하는지 친절히 설명했다. 빅마마는 여대생에게 차트 분석을 해주고는 이틀 후, 상담료를 대신해 요상하게 생긴 여러 가지 기구들을 택배로 받았다.

성행위 보조기구 판매몰 사장의 상담 이후 빅마마의 자위도우미가 올리비아의 역할 목록에 추가되었다. 전에도 빅마마는 남자 의뢰인들을 웬만해서는 그냥 보내지 않았다. 그들에게 터치를 시도하지 않은 적이 거의 없다. 주무르도록 하거나 키스하게 하거나 특정 부위를 빨아달라고 하거나 뭘 발라달라고 하거나 씻겨달라고 하는 등 몰상식한 주문을 자주 했다. 물론 행복한 최면에 걸린 자들은 되새기면 수치스러울 일들을 의외로 즐겁게 수행한다. 하지만 어차피 빅마마와 정상적인 성관계는 불가능하다. 빅마마는 그런 터치를 의뢰인이 베푸는 서비스 차원의 봉사 정도로 여겼다. 빅마마는 절대 자신을 낮추는 법이 없다. 언제나 의뢰인 위에 군림한다. 아스트롤로지아의 세계에서 자신 없는 차트 해석은 곧 패망의 길이기 때문이다. 빅마마의 자신감은 별의 괘를 분석하는 데 그치지 않았다.

빅마마는 커다란 외투를 벌려 품속으로 사람을 끌어들이듯 자신의 늘어진 살 속으로 사람들을 끌어들인다. 올리비아는 빅마마의 성기가 어디에 있는지, 잘 안다. 그녀의 성기는 주름진 배와 허벅지를 들추고 들추어 살들을 밀고 접고 들고 치워야 겨우 거웃을 발견할 수 있다. 그것은 어린 여자아이의 성기처럼 연분홍빛의 도톰한 속살이 아니다. 빅마마의 거웃 아래 질 입구는 검자줏빛으로 늘 벌어져 있다. 벌어진 채로 옴쪽옴쪽 움직인다. 아— 하고 벌린 입모양처럼 생긴 그 질을 보고 있으면 올리비아는 마치 그것이 자신에게 알아들을 수 없는 무슨 말을 하고 있는 것만 같다. 빅마마의 비정상적인 성욕은 올리비아가 살들을 젖히고, 딜도를 들고, 땀을 흘리며 러브젤을 바르는 동안에도, 흐른다.

올리비아는 빅마마의 주문에 따라 남성 의뢰자와의 신체적 겹침이나 부딪침 또한 성의껏 도와왔다. 빅마마는 언제나 상대하는 사람의 기운을 온통 빨아들인다. 거대한 스펀지처럼 타인의 에너지를 흡수하고, 쫄쫄쫄 샛노란 오줌으로 배출한다. 빅마마는 먹는다. 먹는다. 먹는다. 먹는다. 빅마마는 물과 차, 주스, 탄산음료 등을 가리지 않고 마셨다. 빅마마는 출렁거림을 즐긴다. 배 속의 물이 출렁거리고 살이 출렁거릴 때 편안함을 느꼈다. 물이 몸속으로 흘러 들어가는 시간 그리고 살들이 고통을 호소하며 비명을 지르는 시간. 마지막으로 요도를 지나 출출출 흐르는 배변의 시간. 그녀는 각종 비타민을 즐겨 먹는다. 비타민을 먹어야 오줌이 노—호—랗게 나오기 때문이다. 맑은 색의 소변을 보고 나면 생의 활기가 느껴지지 않는다며 싫어했다. 빅마마에게 살아 있다는 것은 무조건, 그게 무엇이든 간에 선명해야 했다.

어디선가 삐꺽삐꺽 연골이 마모되어 뼈와 뼈가 부딪치는 소리가 난다. 여자는 검은 미라를 떠올린다. 지금쯤 검은 미라는 어떻게 되었을까. 가죽은 모두 산화되고 뼈도 풍화되고 말았을까. 검은 미라를 깜빡 잊고 지낸 지 너무 오래되었다. 그들은 부부였는데. 검은 미라를 깜빡한 다음부터였을까. 고정된 통유리 한쪽으로 검은 거미들이 내려왔다. 거미들은 열심히 거미줄을 쳤다. 게으른 거미가 만든 느슨한 거미줄이 부지런한 거미가 만든 촘촘한 거미줄과 만났다. 거미줄은 방패처럼 생겼지만 실은 살아 있는 것을 공격하고 포박하기 위한 무기다. 그런데 무슨 일인지 여자의 창문에 줄을 내린 거미들은 다른 곤충을 잡아먹지 못하고 갖가지 길이의 거미줄에 매달려 말라 죽어버렸다. 새까맣게 죽은 거미들이 바람에 날아가지도 않고 대롱대롱 매달려 있었다. 그런 거미가 수십 마리에서 수백 마리로 늘어났다. 발(簾)과 같이 치렁치렁 내려 걸린 거미줄은 마치 검은 미라의 머리카락 같았다. 그러고 보니, 그들은 부부였는데.

저는요. 머리카락을 박박 밀어서 그 속에 점이 몇 개나 숨어 있는지 알아보고 싶어요. 혹시 알아요? 북두칠성이나 우주의 지도 같은 게 제 머릿속에 숨어 있을 수도 있잖아요? 그런 걸 밝혀보고 싶어요, 저는. 제 머릿속에 있는 별들의 모양을 해석해보고 싶다고요. 올리비아는 이렇게 머리카락을 밀어버리고 싶다는 말로 처음 빅마마와 대면했다. 빅마마의 제자가 되기로 결심하고는 스스로 삭발을 감행했다. 삭발한 올리비아의 머릿속에는 아무런 상처도 점도 없었다. 다만 밋밋한 뒤통수의 두상이 파르라니 드러났을 뿐이었다. 제자들 가운데 올리비아는 간택된 자였다.

빅마마는 월요일과 수요일, 금요일 그리고 주말에는 일하지 않는다. 결국 빅마마의 근무시간은 화, 목요일인 셈이다. 수요일엔 제자들을 위한 수업이 진행되므로 결국 주중 3일인 화, 수, 목만 근무하고 금, 토, 일, 월요일은 쉰다. 그런데도 상담은 늘 밀려 있다. 인터넷으로 신청하는 상담과 전화 상담은 차치하고 직접 방문하는 의뢰인의 수만도 많게는 하루에 스무 명 이상 된다. 상담 시간은 그때그때 다르다. 제자들은 수업이 있는 수요일을 제외하고 돌아가면서 화요일과 목요일 상담 시간에 빅마마의 시중을 들며 상담하는 과정을 지켜본다. 빅마마의 시중을 든다고 해서 올리비아에게 주어지는 보수는 없다. 반면 빅마마의 아스트롤로지 수업을 듣기 위해 올리비아가 빅마마에게 내는 수업료는 1년에 280만 원. 그것도 단기 속성반으로, 할인까지 받아서 책정된 금액이었다. 제자들은 모두 올리비아를 부러워했다. 올리비아의 시간 외 업무에 대해서는 대체로 자세히 알지 못했다.

올리비아는 빅마마의 거대한 머리를 무릎에 얹고 빅마마의 주문에 따라 머리의 혈을 찾아 꼭꼭 누른다. 머리 지압을 끝낸 다음에는 손가락과 손바닥의 압점을 누른다. 올리비아의 손길을 느끼며 빅마마는 하늘의 별들이 우주를 이루듯 인간의 몸 또한 우주와 같은 것이라며 눌러야 할 자리를 일러준다. 그러다 빅마마는 눈앞에 낯선 풍경을 발견한다. 거기에서는 하늘이 들판이 되기도 했다가 바다가 되기도 한다. 그리고 고래가 하늘을 난다. 세상에서 가장 커다란 고래가, 집채보다 더 큰 고래가 그녀를 바라보고 있다. 매머드와 같은 고대 동물이 나타났다가 어느 때엔 하늘로부터 소 떼가 출몰하기도 한다. 눈을 비비고 초점을 맞추어보니 그것은 윈도우 배경으로 지정된 화면 속의 경계가 분명한 초록 들판과 푸른 하늘이었다.

빅마마는 앉아서, 하늘을 본다. 별이 길을 만든다. 별의 길은 아주 조금씩만 바뀐다. 그녀는 창밖을 향해 주문을 외워본다. '실렌시오, 실렌시오.' 이 작고 소란스러운 세계에 그녀가 가장 자주 거는 주문은 침묵을 부르는 주문이다. 침묵 속에서야 그 다음 길을 찾을 수 있기 때문이다. 그녀를 향해 거대한 운석이 날아온다. 쾅! 아프지 않은 충돌. 자극 없는 충돌. 감각 없는 이 충돌이 사랑스럽다. 이런 세계가 현실이 아니라니 안타깝다. 그러나 살을 지그시 누르며 압박해오는 타인의 살의 감각은 얼마나 안온한가. 아기가 엄마의 젖에 코를 묻고 젖꼭지를 빨다 잠드는 느낌으로, 빅마마는 자신의 몸을 쓰다듬고 눌러본다. 발등을. 허벅지를. 배를. 가슴을. 턱을. 이마를. 누른 곳의 살들이 동그란 손가락 모양으로 눌린 채 정지해 있다. 만성부종의 허연 살 위에 지문까지도 찍힌다.

빅마마에게는 제자들이 상상하는 것 이상으로 고위층 의뢰인이 많았다. 그녀는 제자들에게 늘 좋은 것을 먹고 좋은 옷을 입고 좋은 얼굴을 만들어 좋은 사람들을 만나라고 충고했다. 그래야만 삶의 질을 높일 수 있다는 것이다. 돈이 없다고 늘 시답잖은 음식을 먹고 후줄근하게 입고 인상을 찡그리면 그만큼 복이 달아나고 사람도 달아나 결국 가난하고 친한 사람 하나 없이 살게 된다는 것이다. 자신의 가치를 높일 줄 아는 사람만이 제자가 되어 진짜 아스트롤로지아가 될 수 있다고 했다.

빅마마는 최고의 단골 의뢰인들에게 최고의 술을 아낌없이 대접한다. 그러고도 여전히 위압적으로 설교하며 여왕처럼 명령한다. 최고로 대하면 최고로 대접받는다는 말이 사실인지, 무슨 큰 회사의 간부급들이 또는 그들의 부인들이 빅마마 앞에서는 그저 네네 하고 굽실거린다. 빅마마가 제일 잘 맞추는 부분이 경제적인 운이라 그런지는 몰라도 대부분의 사람들이 돈을 어떻게 융통하고 언제 어떻게 넣고 빼야 하는지를 가장 많이 물었다. 질문에 대한 빅마마의 대답은 대부분 분명치 않았고 어찌 보면 어중간한 것이었지만 의뢰인들은 만족했다.

빅마마의 주치의도 그런 단골 의뢰인 중 하나였다. 그는 그녀를 담당한 이래 8년째 그녀가 지방제거와 흡입 그리고 위 절제를 통해 평범한 일상을 영위할 수 있다고, 그래야 한다고 말해왔다. 하면서도 올 때마다 빅마마의 살 틈바구니 속에서 안쓰럽게 신음하며 바지와 팬티를 무릎까지만 내린 채 우스운 포즈로 사타구니 언저리를 비벼대다가는 자위를 하여 빅마마의 배꼽에 정확하게 사정하곤 했다. 빅마마는 잘 알고 있었다. 그녀의 주치의 노릇을 하고 있는 이 갓 60대에 접어든 자의 속과 겉이 어떻게 더럽게 뒤집히고 꼬였는지를. 돈과 권력을 쥔 자들의 속이 얼마나 어둡고 복잡한지를. 그래서 가끔 그의 꼬인 속을 풀어준다. 어둠의 경로로만 구할 수 있는 각종 불법 약품의 도움까지 빌려서 말이다. 노골적이고 광란적으로 위선을 전시하고 위악적으로 서로를 처단하는 밤, 푸르스름한 연기가 방 안을 뱅글뱅글 돌다 창틈으로 서서히 빠져나간다.

미처 방을 빠져나가지 못한 연기가 달라붙은 천장에는 야릇한 냄새의 곰팡이들이 서서히 빅마마의 방을 점령해가다 어느 순간 전세를 확장해 방의 네 귀퉁이를 야무지게 테로 둘러버렸다. 일정한 무늬의 앤티크 벽지 위로 몽롱한 최면의 기운이 곰팡이가 되어 들러붙었다. 이제 그곳에 또 다른 무늬들이 덧씌워지고 있다. 곰팡이의 무늬는 얼룩말이나 표범, 기린, 호랑이의 무늬로 또는 잠자리 날개나 열대어의 무늬, 물 위로 쏟아진 기름이나 노숙자의 갈라진 발뒤꿈치의 무늬로 변했다. 모두 비슷해 보이면서 단 하나도 같지 않은 모양들은 설명할 수 없도록 구조적이었다. 틀 자체는 견고하지만 그 틀 안에서는 자유로운 세계. 빅마마의 공간은 부지불식간에 규칙과 불규칙이 혼재하는 현란한 무늬로 가득 채워지고 있었다.

일요일, 모처럼 한가로운 시간에 빅마마는 상담일지를 작성할 때 쓰는 빨간 펜으로 손가락 마디에 타원형의 눈(目)을 그린다. 열 개의 손가락 끝에서 열 개의 빨간 눈이 깜박거린다. 팔꿈치와 겨드랑이에도 눈을 그렸다. 팔꿈치와 겨드랑이를 움직여본다. 작은 손거울 속에서 제13의, 제14의 눈이 깜박거린다. 이마에는 커다란 눈알을, 귓불에는 작은 눈알을 그렸다. 커다란 몸에 천 개의 빨간 눈알을 그려 넣으면 화려한 날개를 편 공작이 될 수도 있을 것 같다. 두 개의 눈으로 보기에 별은 너무 많다. 빅마마는 빨간 눈을 그리고 또 그리며 그 순간 시니컬한 육체의 박해만이 자신의 정신을 온전히 해방시키는 길인 것처럼 느꼈다. 눈의 수가 점점 늘어난다. 그러나 천 개는커녕 백 개도 채우기 전에 하얀 몸 위에 붉은 잉크가 눈물이 되어 줄줄, 흐른다.

올리비아가 막 출근했을 때, 빅마마는 누군가와 전화를 하고 있었다. 급한 상담을 하고 있나 보다 여기며 인사도 거르고 하루를 준비하려는 순간, 빅마마의 간절하고도 가녀린 부름이 들렸다. 방에 들어선 순간 빅마마의 몸을 감싼 불그죽죽한 펜 자국을 보고 올리비아는 멍해져버렸다. 기괴한 몰골의 붉은 빅마마가 응급구조대에 전화를 걸고 있었다. 빅마마 자신이 먼저 누군가에게 도움을 구하는 전화를 걸다니, 그런 일을 보는 것은 처음이었다. 올리비아가 조금이라도 통증을 줄이기 위해 찜질을 하는 동안 주치의가 달려왔고 급성신부전 진단이 내려졌다. 곧 빅마마의 입원 치료가 결정됐다.

그러나 빅마마의 병원행은 쉬운 일이 아니었다. 병원 조무사와 지역 사회복지사 등 총 다섯이 동원됐다. 여러 장정들 손에 빅마마가 겨우겨우 우지끈하고 들려 일어났을 때, 벽에 붙여둔 침대와 벽 사이에서 납작하게 눌린 잔해가 발견되었다. 언뜻 보기에는 짙은 갈색의 나무토막 같았다. 길고 굵고 딱딱한 막대기 부분을 들어 올리니 먼지와 거미줄을 뒤집어 쓴 검은 털 뭉치가 같이 딸려 나왔다. 그것은 마치 커다란 먼지떨이처럼 보였다. 빅마마도 사람들에게 붙들린 채 그것을 바라보았다. 그 순간, 빅마마의 배에서 아차! 하며 꼬르륵~ 텅 빈 장을 울리는 소리가 났다.

빅마마가 실려 나간 텅 빈 집, 청소를 마친 올리비아가 빅마마의 빈 침대에 누워본다. 빅마마가 먹다 남긴 육포를 씹어본다. 올리비아는 왠지 자신의 몸이 점점 부풀어 오르는 것 같다고 생각했다. 알 수 없는 포만감이 몸을 감싼다. 감히 빅마마가 다시 돌아오지 않기를 바라는 마음이 스멀스멀 피어올라 천장에 요란한 무늬 하나를 더한다. 그 순간 올리비아의 휴대전화 벨이 울렸다. 화들짝 놀란 올리비아가 전화기를 든다. 본 적이 없는 발신 번호다. 망설이다 통화 버튼을 누르자 들리는 소리, 꺽~~ ⚡

칠
교

1 : select storage

일주일 전쯤 그에게 문자 메시지 하나가 전송됐다.

　용산역, 함 번호 : A22
　pw : 4657836773
　04/20/pm 03 : 40

　스팸 문자라고 생각했다. 그래서 무시했다. 그런데 아니었다. 느닷
없는 메시지를 시작으로 그에게 미지의 보관함을 찾아 열라는 명령은
계속되었다. 혹시나 하는 마음으로 메시지를 확인했고 요구를 따르려
고 용산역으로 갔다. 보관함을 찾고 비밀번호를 입력하니, 열렸다. 그
안에는 크라프트지 엽서가 하나 들어 있었다. 밑도 끝도 없이 "네 아내
는, 상자에 담겨 있어"라는 문구가 타이핑되어 있었고, 엽서의 발신인

란에는 검은 리본으로 된 스탬프가 찍혀 있었다.

아내가 상자에 담겨 있다는 짧은 문장을 온전히 이해하기도 전에 또 다른 지령이 도착했다. K대 중앙도서관 지하 매점 좌측의 19번 보관함과 비밀번호가 찍힌 것이었다. 또 갔다. K대의 보관함 안에는 여자의 속눈썹이 들어 있었다. 붙였다 뗀 흔적이 있는 인조였다. 그것이 아내의 것인지 아닌지 긴가민가했다. 그런 데 관심이 없어 그는 아내가 속눈썹을 자주 붙였는지 어쩌다 멋을 내고 싶은 날만 붙였는지 아니면 치장할 때 거의 그런 것을 사용하지 않았는지 자세히 알지 못했다.

다음으로 지시한 보관함은 경기도의 한 목욕탕에 있었다. 거기서는 아내의 시계와 목걸이, 귀고리, 반지가 나왔다. 시내 금은방에서 전시용으로 쓰는 검은 벨벳이 입혀진 귀금속 전용 보관함에 세팅되어 있었다. 그 세팅과 어울리지 않게 그의 아내는 실이나 가죽으로 꼰 팔찌 아니면 목걸이 같은 것, 주로 인도네시아나 태국, 남미, 페루 같은 데서 만들어진 싸고 남루한 것들을 좋아했다. 쓸모를 잃고 어울리지 않는 포장에 싸여 보관함에 맡겨진 아내의 보랏빛 작은 돌들은, 아무 말이 없었다.

혹시 누군가가 어디에서나 그를 지켜보는 것은 아닐까, 자신의 동선이 읽히고 있는 것은 아닐까, 스토커를 떠올리자 쭈뼛하고 뒷머리가 서는 것 같았다. 아내 때문일까? 아내는 단짝 친구와 여행을 계획했었다. 오랜만이라 설레고 긴장된다며 신이 나 있었다. 목적지는 안동이었다. 그리고 떠난 그곳에서 그녀는 돌아오지 못했다. 공교롭게도 실종 수사 과정에서 첫 번째 확인된 것은 아내가 단짝 친구와 만난 적이 없다는 것이었다. 여행 가기 전의 들뜸이 그에게도 고스란히 전해졌었는데, 그게 거짓이었다니 좀체 믿기지 않았다.

연락이 두절된 지 65시간 만에 실종 신고를 했다. 아내가 사라지기 전에 이상한 조짐 같은 건 없었느냐는 수사관의 질문에 없다고 답했지만 그의 머릿속에는 걸리는 것이 두 가지 있었다. 하나는 잘못 배달된 청첩장이었고 다른 하나는 자신의 전 여자 친구가 죽었다는 부고 문자였다. 그는 그 둘 다에 무심하게 반응했다. 불필요한 행동이나 말을 지독히 아끼고 비일상적이고 불확실한 상황을 어떻게라도 피하려 하는 성격인 그에게 잘못 배달된 우편물은 바로 반송함에 넣는 것이 옳은 행위였고, 이미 과거가 된 연인에게 베풀 인정은 남겨두지 않는 것이 상식이었기 때문이다.

그는 여전히 누가 왜 그러는지 이유를 알지 못한 채 문자 메시지를 받고, 그 뒤엔 보관함을 뒤졌다. 처음으로 아내의 몸을 발견한 건 서울 시내 병원 장례식장에서였다. 보관함 속 네모난 상자에 담긴 건 아내의 오른손이었다. 반지 자국이 동그랗고 하얗게 남아 있는 생경한 손. 무슨 처리를 어떻게 했는지 손의 색깔이 푸르거나 검게 변하지 않고 살아 있는 사람의 손처럼 보였다. 그런 아내의 손을 마주한 그는 반가움보다 무서운 감정이 앞섰다. 심장이 쿵쾅쿵쾅 뛰는 그 속도로 멀리 도망가고 싶다는 생각만 간절했다. 달리고 달리다 멈추면, 아내가 사라지기 전의 멀쩡한 일상으로 돌아가 있는 불가능한 일이 제발 일어났으면 싶었다.

2&3 : select a locker number & enter your password

아내를 잃고 그가 가장 오랫동안 공들여 한 일은 그동안의 잘못을 되새기는 것이었다. 몇 날 며칠 기억 속을 헤맸지만 아내를 납치하고 손을 자르고 그에게 보관함을 찾아가라고 할 만한 인물은 떠오르지 않았다. 그가 억지로 기억을 헤집고 있을 때, 경찰 쪽에서는 보관함 주변의 CCTV 확인 작업을 반복하고 있었다. 보관함에 물건을 넣는 사람은 늘 택배회사 직원이거나 퀵서비스 직원, 그도 아니면 심부름을 대신해주는 대행업체 직원이었다. 그리고 그들은 하나같이 주문이 들어온 대로 배송 처리를 했을 뿐이라고 대답했다. 겨우 주문한 사람을 찾으면 그 또한 누군가의 주문에 응한 것이었다. 시작을 알 수 없는 연쇄 심부름의 형태로 보관함의 물건은 전해지고 전해지다 제일 마지막에야 그에게 전해졌다. 주문 과정의 경로는 매번 달랐다.

한 번은 경찰의 입회 아래 한 곳의 보관함 세트 전체를 일제히 열기도 했다. 지하철 역사 안 모든 보관함의 문이 일시에 전부 열리는 진풍경이 벌어졌다. 하지만 그 안에서 여자의 신체나 시체 같은 것은 나오지 않았다. 누구나 보관함에 넣을 만한 것들, 주로 두껍거나 무거워 가지고 다니기엔 거추장스러운 물건들이 주인을 기다리며 덩그러니 담겨 있었다. 남은 증거라고는 발신인란에 모두 검은 리본 스탬프가 찍혀 있다는 것뿐이었다. 형사들은 검은 리본 사건으로 이 실종 사건을 접수했지만 수사는 더디게 진행됐다. 그리고 경찰이 헤매는 동안 그의 아내는 그에게 아주 천천히, 오랫동안 배달되었다.

그는 책상에 앉아 노트를 펼치고 지금까지 받은 지령과 메모들을 토대로 보관함의 위치를 나타내는 이니셜을 조합해봤다. K대학, E도서관, Y역, A역, H마트, S역, F병원, D백화점, G공항, J서점… 어떻게 해도 의미 있는 단어로 연결이 되지 않았다. 장소도 곰곰 따져보았다. 기억에 있는 장소인가. 처음 접한 곳인가. 누구에게 듣거나 어디서 보았던 곳인가. 그러나 흩어진 단서들은 뭉쳐지지 않았다. 새삼 이 나라에 이렇게 많은 보관함과 이렇게 많은 택배 직원들이 존재하고 있었다는 놀라움만 확인했다. 크라프트지에 적힌 메모들도 특별한 출처가 있는 것이 아니었다. 백과사전에서 찾을 수 있는 상식이거나, SNS의 조각 글에서 쉽게 발견할 만한 단상이었다.

　손이 발견되고 나흘 뒤 한적한 공원의 주차장 보관함에서 아내의 두 눈알이 수습되었다. 에탄올에 담긴 아내의 눈알은 슬퍼 보였다. 그 눈은 그에게 무슨 얘긴지 전달하고 싶어 하는 듯했다. 그는 아내에 대한 사랑과 무관하게, 연속적으로 자신의 무능력을 목도하는 과정에 진절머리가 났다. 아내가 죽었다는 것은 기정사실로 받아들일 수 있으니 어서 이 끊임없이 계속되는 지령으로부터만 벗어났으면 좋겠다는 마음이었다. 수영장에 있는 보관함을 찾아갔을 때도 크라프트지 엽서가 나왔다. 거기에는 다른 보관함을 찾으라는 주문이 담겨 있었고, 찾으라는 보관함은 엽서가 들어 있던 함과 나란히 붙어 있는 위치에 있었다. 바로 옆의 보관함을 열자 작고 동글동글한 귀 한 쪽이 투명 플라스틱 통에 담겨 있었다.

4 : select payment method

동물원의 보관함에는 엽서와 함께 열쇠가 들어 있었고, 엽서에는
어딘지 모를 주소가 적혀 있었다. 그날 저녁 엽서의 주소를 찾아 열쇠
를 열고 들어간 곳에서 수습된 부위는 아내의 두 다리였다. 꽤 값이 나
가 보이는 골프 가방에 발가락이 위로 오도록 포장되어 있었다. 골프
가방 전달을 부탁했다는 사람을 수소문해 찾았지만 대답의 결과는 역
시나 마찬가지였다. 그 또한 누군가의 주문을 전달한 것이었다. 그러
고 보니 신기하게도 지금껏 아내의 실종과 관련해 무언가를 알고 있다
는 사람을 단 한 명도 만나지 못했다.

범인이 누구든 상관없었다. 이제 범인을 찾는 것이 그에게는 무의
미했다. 그만 사망 신고로 실종 처리를 끝내고 싶어도 아내의 온전한
시신을 찾을 길이 없어 그조차 불가능했다. 차근차근 심부름 대행업
체의 장부를 뒤져가며 확인했지만 검은 리본 사건과 관련해 주문받은
전화번호들은 모두 달랐다. 어떤 때는 전화번호를 빌려주고 대답해주
는 심부름만을 한 경우도 있었다. 범인은 오로지 그가 보관함을 돌고
돌며 자신이 건네는 조각을 수집하기만을 원했다. 어쩔 수 없이 그는
바보같이 긴 시간 동안 이 보관함 저 보관함을 전전하며 시키는 대로
지시를 따르고 수신인으로서의 역할을 다하고 있었다.

오늘은 아내를 몹시 의심했다. 그럴 만한 이유가 있었다. 아내와 연
애할 때, 그가 사귀자는 말을 하고 일주일쯤 지난 뒤였다. 숫기도 없고

낯도 가리고 무슨 말을 해도 고분고분 잘 따르는, 과도하게 내성적인 성격을 가진 여자가 한 일이라고는 믿기지 않는 기이한 행동이었다. 그때는 그녀가 쑥스러워서, 그의 얼굴을 직접 대하기가 멋쩍어서 그랬다고 생각했다. 평소에도 전화보다는 문자나 쪽지, 편지 같은 걸 선호하는 아날로그적인 사람이었으니까.

그때 그의 아내가 난데없이 주문한 것은 집 근처 지하철역의 보관함에 뭔가 넣어두었으니 퇴근하는 길에 그걸 찾아서 집에 갖고 가라는 거였다. 거기에 도시락이나 밑반찬 같은 것이 들어 있었다면 앞으로 자신을 살뜰히 챙기는 현모양처를 떠올리며 만족했을 텐데, 생뚱맞게도 그 보관함에는 앱솔루트 보드카 한 병이 들어 있었다. 그날 밤 그녀는 그를 찾아왔고, 결말은 첫 섹스였다.

이상한 여자라고 생각했지만 또 조금은 귀엽기도 했다. 연애 초기였으니 좀 특별한 사랑을 꿈꾸는 모양이라고, 여자들이 다 그렇지 하고 좋은 쪽으로 생각하려 했다. 그런데 그 후에도 심지어 결혼 후에도 그의 아내는 섹스를 원한다는 표시를 앱솔루트 보드카를 전하는 것으로 대신했다. 보관함에 넣어둔 것은 한 번뿐이었지만, 계속해서 보드카를 주고 또 주었다. 왜냐고 물으면 그저 병이 예쁘다는 게 이유였다. 식탁이나 싱크대 선반에 아내가 나란히 세워둔 보드카 병들을 바라볼 때면 그는 아내의 요부 기질을 엿보는 것 같아 왠지 언짢았다. 보드카라니, 아내의 취향은 대체로 그로서는 이해할 수 없는 것이 많았다.

아내가 유독 상자를 좋아했다는 것도 그의 마음에 걸렸다. 아내에게는 작은 상자를 모으는 취미가 있었는데 철제, 나무, 종이 등 재질을 가리지 않았다. 아내는 그중 틴케이스라고 부르는 철제 상자를 특히 좋아했다. 그녀는 모양과 색깔이 각각인 상자들을 이렇게도 쌓고 저렇게도 쌓아가며 빈티지 인테리어의 완성이라며 만족해했다. 그런 취미를 가진 사람이 또 있다는 게, 그로서는 믿기지 않았지만, 아내는 그런 걸 공유하는 인터넷 카페의 회원 신분을 오래 유지하고 있었다.

한 번은 희귀품이라며 여자아이가 그려진 분홍색 틴트를 그에게 내민 적이 있었다. 어렵게 구한 거라며 흥분한 모습이었다. 그는 어차피 곧 고물이 되고 재활용 쓰레기로 버려질 걸 왜 비싼 돈 들여 사냐는 핀잔으로 응했다. 그런 그의 면박에 화가 났는지 아내는 그 후로 더 이상 그에게 틴트 자랑을 하지 않았다. 아내의 상자들은 그가 보기에 제 기능을 못 하는 것들이었다. 무엇을 담기 위해 존재하는 것이 상자인데 아내의 상자 속은 언제나 텅 비어 있었다. 그가 보기에 아내는 껍데기를 모시고 사는 사람 같았다. 그 안에 담길 물건이 아닌 물건 담을 상자에 빠져 애지중지하는 아내의 취미는 그로서는 결코 이해할 수 없는 허영이었다.

그런 이유로 그는 범인이 아내이거나 아니면 적어도 아내를 잘 알고 있는 사람이라고 생각했다. 그런데 풀리지 않는 문제가 있었다. 아내와 그 둘 다 알고 있는 사람, 그러니까 부부의 인적 네트워크에 공통분모라고는 가족 이외에는 거의 없다는 것이다. 물론 학창 시절의 얘기나 회사 생활에 대해 공유했고, 자주 접해 친한 친구나 동료의 이름

정도는 서로 알고 있었다. 하지만 그들을 구태여 직접 만나고 싶지 않았고 그럴 기회도 없었다. 아내도 그도 시끌벅적한 모임이나 남의 일을 내 일처럼 여기고 여기저기 나서는 스타일의 사람들을 웬만해서는 피하려는 쪽이어서 자연스레 각자의 사생활은 인정하되 가족이 되었으니 그 관계로 지켜야 할 최소의 의무만 다하기로 암묵적인 합의를 했다. 적어도 그는 그렇다고 생각했다.

지칠 대로 지쳐갈 즈음 아내의 병원 기록에서 특이점을 발견하게 됐다. 아내가 고등학생 시절부터 계속 피임기구 이식 시술을 받았다는 내용이었다. 그는 언뜻 그 의미를 파악하기 힘들었다. 여고생이 피임할 사유는 무엇이고 그런 시술을 하는 의사는 누구이며 피임한 몸으로 아기 갖기를 원하던 아내의 맹랑했던 표정은 또 어떻게 받아들여야 하는가. 산부인과 기록에 따르면 그의 아내는 고등학교 시절 한 달에 며칠씩 결석을 해야 할 정도로 심한 생리통을 겪어 의사의 권유로 생리통을 완화할 수 있는 시술을 받았고 후에도 지속했다.

하지만 그를 만난 이후 아내는 단 한 번도 생리로 인한 고통에 대해 이야기한 적이 없었다. 종종 여자들은 그날 좀 예민해진다며 우울한 기분의 핑계로 삼은 적이 몇 번 있기는 했다. 어쩌면 아내는 관계를 피하기 위한 변명으로 생리 때는 예민 운운했던 것인지도 모른다. 아내가 치명적인 병과를 밝히지 않고 결혼 이후에도 피임을 계속했다니, 어이가 없었다. 그제야 그는 자신이 아내를 얼마나 알고 있었는지 진정으로 되새기게 되었다.

5 : insert bills

피임기구를 이식한 몸으로 아이를 원하던 아내의, 유희를 위한 수단 외에 생산적인 기능을 하지 못한 젖가슴이 다음 차례로 보관함에서 발견되었을 때 그의 기분은 복잡 미묘했다. 그가 알던 사람이 누구인지 모르겠다는 혼란이 아내의 가슴을 소고기나 돼지고기 살점 대하듯 하도록 만들었다. 잔뜩 취한 후 모든 것을 잊고 싶었다. 그런데 곧 취해 잊기를 시도하기도 전에 어차피 술의 위안도 잠시뿐일 것이라고 자신을 제어할 만한 이유를 찾곤 했다.

그 후 그가 또 한 번 벼랑 끝에 선 듯 서늘한 기분을 느낀 것은 아내의 호적 등본 앞에서였다. 아내는 장인 사후에 장모에 의해 입양된 아이였다. 그녀는 늘 아버지 없이 커서 아버지의 넉넉하고 푸근한 품을 경험해보고 싶다며 결혼 상대로 덩치가 있는 남자를 이상형으로 삼았다고 했다. 깐깐하게 등초본을 떼어봐야만 직성이 풀리는 성격도 아니었고 아내 쪽의 성품이 고지식하고 순진한 편이었기에 그는 아내의 호적이 복잡하게 얽혀 있을 거라고 어림짐작도 하지 못했다. 짐작했더라면 미리 서류를 확인했을 테고 뒤통수를 후려 맞는 일도 없었을 것이다. 옆에 있을 때는 겉과 속이 다르지 않은 사람이었는데 그 사람이 사라지고 나니 그에게 아내는 러시아 인형처럼 다양한 사람들이 그 안에 겹겹이 가득 찬 사람이었다.

경찰의 수사 진척 속도가 지지부진하자 사건에 증거 분석 전문가들이 투입되었다. 그들은 그의 앞으로 온 메시지와 엽서들, 보관함에 남겨진 상자들을 가지고 막판 범인 잡기에 열을 올리고 있었다. DNA 확인 결과 신체 조각들은 동일인의 것이고 그의 아내의 것이 분명하다고 했다. 그 과정에서 범인의 지문이라고 짐작할 만한 동일한 지문 같은 것은 발견되지 않았다. 관계자들은 이 사건의 범인을 찾기 어려운 이유를 범인이 여러 곳, 여러 시간대에 동시다발적으로 사람을 쓰는 전략을 쓰고 있어 누구 하나를 단정할 수 없다는 데서 찾았다. 담당 수사관은 이 사건은 거의 신(新)인해전술이라고, 아주 더럽게 걸렸다며 바닥에 연속해서 침을 뱉고 돌아섰다. 그리고 수없이 많은 사람들이 용의자가 되었다가 풀려났다. 마약 거래를 하는 사람, 뒷돈을 받고 신체 장기를 매매하는 브로커들, 거처 없이 떠도는 외국인 불법 체류자, 집 나온 청소년들, 보관함을 사용하거나 그 주위를 맴도는 사람들, 그야말로 불특정 다수였다.

그 뒤로도 아내의 몸은 계속 전해졌다. 남아 있는 그의 아내는 오른손과 양쪽 눈알과 두 다리, 왼쪽 귀와 한쪽 젖가슴이 없는 모습일 것이었다. 그런 아내를 떠올리기가 끔찍했다. 차례차례 몸의 조각들을 확인하면서 그는 이게 정말 내 아내가 맞는가. 나와 같이 밥을 먹고 잠을 자고 이야기하고 시간과 공간을 나누고 섞던 그 사람인지 점점 확신할 길이 없었다. 그의 아내는 손가락은 길지만 마디가 살짝 튀어나온 뭉툭한 손을 가지고 있었다. 전체적인 손의 느낌은 기억하지만 검지 하나를 잘라 여러 사람의 검지와 섞어놓고 찾으라고 요구한다면 그는 아내의 손가락을 단번에 찾을 수 없을 것 같다. 마찬가지로 귀도, 눈동자도 아내의 것인지 아닌지 확실히 알 수 없었다.

돌이켜보면 그와 아내는 단 한 번도 환한 불빛 아래서 서로의 몸을 본 적이 없다. 섹스를 할 때면 아내는 항상 불을 전부 끄고 이불을 덮고 그 안에서 옷을 벗었다. 뒤처리를 할 때도 먼저 씻고 잠옷을 입은 후에야 그에게 씻으라고 권했다. 그는 아내가 부끄러움이 많아 감추고 싶어한다고 생각했고 그걸 존중해야 된다고만 여겼다. 이제 와서야 아내가 몸 어딘가에 큰 문신이나 상처 같은 걸 숨기고 있었는지도 모른다는 생각을 해보았다. 결국 그와 아내는 촉감과 청각, 미각, 후각으로만 서로를 알고 지낸 사이였던 셈이다.

아내는 지금 그에게 시각적으로만 돌아오고 있는 중이다. 그는 그런 아내를 알아볼 능력이 없는데, 그걸 누구에게도 말할 수 없다. 하긴 아내의 조각난 신체를 만져본다고 한들 이전의 아내는 이미 아닐 것이다. 그런 생각이 들 때마다 그는 아내가 멀쩡히 어딘가 살아 '요건 몰랐지?' 하고 불현듯 튀어나올 것만 같다. 그리 생각하는 게 죽은 아내의 조각들을 대하는 것보다 더 받아들이기 쉬웠다. 차라리 범인이 아내였으면 하고 바라기까지 했었다. 그에게 못마땅했던 것들을 쌓고 쌓다가 폭발해 아내가 그를 엿 먹이기로 작정한 것이라면 기꺼이 당해주고도 싶었다.

6 : take your receipt

컵케이크 컵 속의 컵케이크처럼 꼭 맞는 용기에 담긴, 아내의 배꼽 부위가 서울 변두리 동사무소 보관함에서 발견된 날 유력한 용의자의 신원이 밝혀졌다. 사이버상에서 한글과 영문을 포함해 '검은 리본'이라는 닉네임을 쓰는 1074명 중 하나였다. 직업은 캘리그라피를 겸하는 일러스트레이터라고 했다. 형사가 내민 용의자의 사진을 오래 바라보았다. 생전 처음 보는 사람이었다. 그의 기억 속에 그 여자의 얼굴은 없었다. 어떻게 전혀 모르는 사람이 이런 일을 벌일 수가 있을까?

분석 전문가 중 한 사람이 '기억은 상대적인 거랍니다~' 하고 농담했을 때였다. 그때 홀로그램의 방향이 바뀌어 예상치 못한 그림이 나타난 것처럼 순식간에 반짝! 하고 기억의 작은 조각 하나가 그의 눈앞에 스치듯 떠올랐다. 그러고 나자 그간 메모들의 의미도 새롭게 다가왔다.

1999년 11월 27일 새벽 2시 50분경의 어느 호프집이었다. 여자와 남자는 둘 다 만취 상태였고 남자가 먼저 한 잔 더 마실 것을 제안했다. 여자도 흔쾌히 허락했다. 둘이 맥주 3,000cc를 나눠 마셨다. 남자는 싫다는 여자를 끌고 근처 모텔로 갔으며 거기서 둘은 다시 술을 마시기 시작했다. 남자는 서두르지 않았다. 둘은 이런저런 이야기를 나누었다. 주로 학교 생활에 대한 것이었다. 어느 학교에 다니는지 몇 학년인지 이름은 뭔지 오늘 술자리에는 왜 혼자 남게 되었는지 대화가 술술 잘 풀렸다. 손버릇인지 여자는 내내 휴지를 얇게 말아 뭔가를 만들어냈다. 그날 여자가 입은 옷은 블라우스에 스커트, 코트였다. 블라우스에는 검은색의 작은 리본 무늬가 가득했는데, 남자는 손가락을 움직여 모눈지에 점을 찍듯 리본의 개수를 세었다. 그러더니 모두 348

개라고, 맞는지 틀리는지 알 길 없는 대답을 했다. 취한 남자는 결국 여자에게 같이 한 번 자자고 말했다. 여자는 거부했다. 취한 여자를 상대로 남자가 자꾸 조르자 여자는 팬티를 벗어 자신이 생리 중임을 증명했다. 그러자 남자는 괜찮다고 관계없다고 다시 졸랐고 여자는 재차 거부했다. 여자는 남자를 달래기 위해 꼬마들 미술 과외 수업 때 쓰던 칠교를 꺼냈다. 그러고는 조각을 움직여 집과 사람, 강아지와 고양이 그리고 바람개비와 하트 모양 등을 만들어 보였다. 남자는 순식간에 모양이 바뀌는 놀이에 흥미로워하면서 관계하지 않아도 좋다고, 아니 절대로 하지 않겠다고 맹세하고는 여자를 재우기 시작했다. 정성스럽게 쓰다듬고 보듬으며 이렇게 예쁜 여자는 처음 안아본다는 고백까지 곁들여가며 애를 썼다. 그러더니 맹세를 번복하고는 정말 단 한 번만 여자 안에 들어가게만 해준다면, 딱 한 번 넣는 것만 허락하면 그다음에는 정말 아무 짓도 하지 않겠다고, 다시 조르기 시작했고 그런 남자를 딱하게 여긴 여자가 팬티를 벗어주었다. 남자가 꼿꼿한 페니스를 여자의 몸에 삽입했다가, 2~3초 후에 여자를 놓아주었다. 여자는 어쨌든 자신의 끈질긴 거부에도 지치지 않고 들이대는 남자가 왠지 마음에 들었다. 술김에도 약속을 지키려고 노력한 것이 대견했다. 남자는 곧 곯아떨어졌다. 여자는 좀 더 술을 마시다가, 잠든 남자를 지켜보다가, 남자의 지갑에서 주민등록증과 학생증을 꺼내 인적 사항을 기록했고, 원나이트의 값으로 자신이 아르바이트 해서 받은 주급 5만 원을 침대 옆 탁자에 올려두고, 모텔을 나갔다. 오전 5시 20분이었다.

그러니까 지금으로부터 18년 전 어느 새벽 몹시 취한 복학생이 얼토당토않은 용기를 발휘해 우연히 만난 한 여대생을 상대로 하룻밤 섹스 구걸을 했고 그 여자는 그런 남자를 잊지 않았고 연락처를 메모보드 한쪽 구석에 늘 꽂아두었다. 여자는 따로 자신의 연락처를 남기지는 않았지만 전날 이야기 나눈 정황을 바탕으로 남자가 자신을 기억해주기를 바라며, 자신을 찾아주기를 바라며, 기다렸다. 여자는 그날 오전, 오후, 저녁, 밤을 그다음 날 오전, 오후, 저녁, 밤을 그다음 날도 그다음 날도 그다음 주, 다음 달, 다음 해를 기다렸다. 비록 짧은 시간이었지만 솜털까지도 예뻐한 사람을 남자가 잊을 리 없다고 생각했다. 그런 손길은 사랑하는 마음이 없으면 건넬 수 없는 것이라고, 그 촉감을 기억하고 또 기억했다. 결정적으로, 집에 가서 찬찬히 세어보니, 그날 입었던 블라우스의 검은 리본 개수는 348개가 맞았다. 그렇게 그 여자에게 그 남자는 첫 경험의 상대이자 운명의 사람이 되어버렸다.

얼치기 복학생이었던 그는, 희미하게도 그 여자의 기억을 갖지 못한 그는, 자신이 여자에게 준 상처의 깊이를 가늠할 길이 없었다. 어쨌든 여자는 그에게 받은 상처를 돌려주고 싶었을 것이고 방법을 고민하다 결국 가장 잔인한 계획을 세웠을 것이라는 짐작까지 다다랐다. 문제는 검은 리본 역시 사라진 지 오래되었다는 점이다. 증거물로 수거된 고지서를 통해 검은 리본의 집에서 가스나 전기가 마지막으로 사용된 날짜가 1년 9개월 전이었음이 밝혀졌다. 형사들은 이제 그의 아내에 이어 검은 리본 실종 사건을 처리해야 할 형편이었다. 그들이 자살

보고된 사람, 실종 신고 처리된 사람, 보호소의 신원미상의 정신지체 환자 등을 뒤져 검은 리본과 겹치는 사람을 찾는 중에도 그에게 전달 되는 검은 리본의 지령은 이어졌다.

7 : your locker is open

다수의 증거 확보를 통해 유력한 용의자였던 검은 리본이 범인으로 확정된 후 그가 보관함에서 수거한 아내의 신체는 음부였다. 유리 용기의 포르말린 액체 속에 담겨 있었다. 포장은 말끔했고 여지없이 발신인을 알리는 란에 검은 리본이 찍혀 있었다. 범인을 알고 아내의 몸을 반납받는 그의 심경은 더 처참했다. 자신이 얼마나 하찮고 몹쓸 놈인지 증명하고 있는 셈이었기 때문이다. 어디에 용서를 구해야 하는 것인지, 이 복수인지 처벌인지는 대체 언제 끝나는 것인지 알고 싶었지만 답해줄 사람이 없었다.

경찰의 조사로 알게 된 검은 리본의 이력은 소소한 에피소드로 채워져 있었다. 그녀는 태어나던 날 엄마를 여의고 아버지, 할머니와 살았다. 아버지는 곧 재혼해 분가했고 중학교 때 할머니마저 돌아가셔서 열여섯 살 되던 해부터 혼자 자취를 하며 지냈다. 대학 시절 미술대학의 조형학부에서 조소를 전공했지만 교우 관계가 원만하지 못했던 것으로 알려졌다. 전형적인 아웃사이더였다. 졸업 후에 아동용 교육만화에 삽화를 그리는 작업과 팬시 용품 디자인 회사에서 근무한 경력이 있었다. 2년 남짓 근무하다 퇴사하고 서너 가지 직업을 전전했는데 설치미술 쪽 일을 몇 년 거든 이후에는 웹상으로 활동 영역을 옮겨 캘리그라피와 일러스트 주문을 받아 작업하는 것을 업으로 삼고 있었다. 주민등록으로 찾은 검은 리본의 현재 거주지는 대학가 근처의 원룸이었다. 살림살이도 아주 단출했다. 거기서는 살인이나 살인 교사의 증거로 건질 만한 게 아무것도 나오지 않았다.

범인이 밝혀지자 그의 머릿속은 더 복잡했다. 한쪽에서는 기억하지 못하는 시간을 한쪽에서는 기억한다는 것이나 서른여덟 생의 시간 중 두 시간 반 정도의 시간이 얼마나 절대적일 수 있는지 같은, 지금껏 한 번도 생각해보지 않은 질문들에 휘둘려 당황스러웠다. 평범하다고 여겼던 자신이 어떻게 순식간에 죄인이 될 수 있는지 철저히 무뢰한으로 변신할 수 있는지 너무 낯선 경험을 하고 있었다. 그보다 과거의 자신을 기억하고 인정하는 것이 그토록 어렵다는 것을 깨닫는 중이었다. 어쩌면 그것은 불가능한 일이라고 스스로 과장하며, 사는 것도 죽는 것도 쉽지 않음을 절감하고 있었다.

아내가 사라지고 10개월이 지나서야 그는 아내의 몸을 전부 수습할 수 있게 되었다. 남은 몸 역시 보관함에 들어 있었다. 위치는 아내가 처음으로 그에게 보드카를 건넨 지하철역이었다. 아내의 몸은 조각조각 재단되고 남은 천 모양의 너덜너덜한 모습이었다. 팔도 다리도 몸통의 일부도 머리의 일부도 사라지고, 남은 부위들이 커다란 플라스틱 통에 막무가내로 섞여 있었다. 그것을 보자 그는 이전처럼 미안하거나 두려운 감정을 느끼는 대신 구토가 치밀었다. 이게 끝이라는 안도의 반응이었다.

마지막으로 수습한 남은 시신과 실험용 샘플마냥 가지고 있던 아내의 조각난 몸들을 한데 모아 화장했다. 아내의 장례를 마치고 오랜만에 아무 생각 없이 앉아 있던 그에게 전화가 걸려왔다. 경기 외곽 저수지에서 검은 리본의 시체가 발견되었다고 형사가 호출을 한 것이었다. 검은 리본의 시체라니, 그 여자도 죽었다는 것이 쉽게 납득이 안되었다. 망설여졌지만 안 가볼 수도 없는 입장이어서 검은 양복 차림 그대로 현장에 갔다. 저수지 근처는 사이렌 소리로 소란스러웠다. 경찰들이 저수지 안팎을 모두 통제하고 있었다.

검은 리본 무늬 옷을 입은 여자는 거대한 밀폐 유리병 속에 갇힌 상태로 저수지 아래 잠겨 있었다고 했다. 잠수부는 물속의 사람 모습을 발견했을 때, 꼭 살아 있는 줄 알았다고, 금방이라도 눈을 뜨고 말을 할 것처럼 생생했다며 진저리를 쳤다. 검은 리본의 시신이 들어 있던 유리병 안쪽에 'ID : black ribbon PW : 9968049'라는 내용이 라벨지에 적혀 있었다는 얘기도 전했다. 맞았다. 패스워드의 숫자는 그의 대학 학번이었다. 주문 제작한 것으로 짐작되는 그 유리병은 부력을 감당할 수 있도록 아래 부분이 철제로 단단히 고정되어 있었는데, 물속에 이렇게 크고 견고한 장치를 설치한 걸로 봐서 아마 조력자나 공범이 있을 것이라는 추정이 나왔다. 형사들은 그 부분에 대한 조사를 신속히 진행해야 한다며 갑자기 분주하게 움직였다.

그에 반해 느릿느릿한 폼으로 오가는 수사관들은 겸연쩍은 눈으로 그를 바라보며 주도면밀한 계획범죄라고, 고개를 절레절레 저으며 쓴 입맛을 다셨다. 그들 말대로 일의 순서를 따지면 아내의 시체가 배달되기 이전부터 검은 리본은 이미 저수지에 담겨 있었다. 검은 리본은 자신이 죽은 후에 그다음 일들이 자동으로 연결연결 되도록 미리 손을 써놓았고, 그는 지금까지 이미 죽은 사람이 보낸 지령을 따라 움직인 것이었다.

죽어서도 1년이 넘도록 그가 올 것을 기다리며 그가 봐주기를 바라며 자기 자신을 방부 처리해 물속에 가둔 조그만 여자의 영정사진을 하염없이 바라보았다. 미안하게도 여전히 그 얼굴이 낯설었다. 그 여자가 아직 어렸을 때, 여대생이었을 때의 모습을 애써 상상해봤다. 그가 두 시간 남짓 사랑을 구걸하며 매달렸던 사람, 그리고 18년을 소리 없이 자신에게 매달렸던 사람. 그녀와 보낸 시간을 객기로 여기고 잊어버린 것에 대한 철 지난 자책이 초라하기만 했다. 그리고 검은 리본의 장례식에서 그는 그동안 자신이 얼마나 오만했는지 다시 한번 깨달았다. 함부로 잊은 기억이 그가 마음대로 오려낸 시간이 다른 사람에게는 꼭 필요한 시간일 수 있다고, 장례식장의 '검은 리본'들이 눈을 흘기듯 혹은 싸대기를 때리듯 차례차례 옆을 지나치며 일러주었던 것이다.

물 밖으로 건져진 검은 리본은 흙으로 돌아갔다. 진심으로 다른 세상에서 편안하기를 빌었다. 두 번의 장례로 피로감에 짓눌려 만신창이의 몸으로 집에 돌아가는 길, 우편함에 쪽지가 붙어 있었다. 경비실에 택배가 맡겨져 있다는 거였다. 검은 리본이 찍힌 불길한 택배 상자를 받아와 신발도 벗지 않고 현관에서 상자를 뜯었다. 자그마한 꽃무늬 상자에 손글씨로 적은 유서와 아내 살해 과정이 담긴 초소형 USB 메모리 카드 하나 그리고 낡은 스탬프가 얌전히 고정되어 있었다. 손때 묻은 스탬프를 잡아보았다. 흔히 볼 수 있는 작고 네모난 지우개에 양각으로 무늬를 새긴, 마음만 먹으면 천 번, 만 번 그 이상도 얼마든지 찍을 수 있는, 자작 스탬프. 손등에 대고 꾹 누르자, 앙증맞은 검은 리본이 희미하게 찍혔다. 그동안 그를 향해 찍고 또 찍었을 검은 리본의 낙인이었다. 동시에 그것은 지금 당신이 기억하지 못하는 시간의 조각이 또 다른 무언가를 조각내고 있을지도 모른다는 그를 향한 선명한 경고였다.

나는 누구일까요? 나를 어떻게 설명할 수 있을까요? 저는 글씨를 파는 사람입니다. 팔기도 하고 파기도 하지요. 제 글씨를 소유하고 싶어 하는 사람들이 많아져 컴퓨터 폰트로도 제작을 했답니다. 글씨가 돈이 될 줄은 몰랐는데…… 이 세상은 참 알다가도 모를 일이 많은 것 같아요. 컴퓨터는 감정이 있는 글씨를 쓰지 못한다며, 틈이 있거나 비뚤어진 글씨에 담겨 있는 인간적인 느낌을 사랑한다는 사람들. 그들은 다시 손글씨를 기계에 넣어버리고 금세 잊었어요. 그러고는 또 다른 손글씨를 구하기를 반복하더군요. 그래서 무엇이 인간적인 것인지 그리고 나는 무엇인지 알 수 없습니다. 사실 글씨는 그 사람입니다. 홍채나 혈액처럼 그 사람의 고유성이 담긴 시그니처니까요.

하지만 캘리그라피가 유행처럼 번져 여기저기 글씨 팔기 좌판이 벌어지자 그리고 제 글씨를 쓰는 사람이 점점 많아지자 제가 조각나 사라지는 것 같아 싫었어요. 그래서 캘리그라피보다 대중성이 약하고 전문성이 강한 전각을 다루기 시작했지요. 전각은 음각과 양각의 세계, 음양의 깊이를 알아야 가능한 작업입니다. 펜보다는 칼의 감촉이 내게는 더 짜릿하게 와 닿았던 듯도 합니다. 그것은 나를 평면의 글자에서 입체의 글자로 도약할 수 있게 만들어주었어요. 오로지 좌우가 바뀐 모습의 글자로만 새겨야 한다는 아이러니의 세계, 거기에 삶의 이치가 담긴 것만 같았습니다. 어쩌면 당신과 나의 모습이 빛과 그림자, 음과 양, 올록과 볼록의 요철과 같은 세계라고 생각했는지도요.

나는 무엇이든 몰두하기를 즐겨했습니다. 무언가에 빠짐으로써 오로지 거기에 집중할 때 살아 있음을 느낄 수 있었거든요. 글씨를 그리는 동안, 글씨를 새기는 동안 행복했어요. 돌이켜보면 어릴 때부터 그런 버릇이나 동경이 있었던 것 같아요. 허전함을 피하려 손에 닿는 대로 무엇이든 꼬고 묶다 보면 어느새 단단한 매듭이 지어져 있었지요. 그저 습관이었는데, 매듭을 만들며 손의 아귀힘이 세졌나 봐요. 결국 줄이나 끈의 가장 흔한 사용법은 구부리고 돌리고 조여 매듭을 짓는 것인데…… 줄과 줄을 연결할 때는 마찰저항을 이용해야 해요. 하지만 저항이 클수록 좋은 것만은 아니랍니다. 궁극적으로 좋은 매듭은 잘 풀리는 매듭이기 때문이지요.

너무 외로웠어요. 나 같은 사람에게 누구로부터 또는 무엇인가로부터 위안을 얻는다는 것은 중요했지요. 숭배하는 것이 신이든 사람이든 물건이든 세상 모든 신앙의 출발은 거기인 것 같아요. 돌이나 나무 혹은 깡통이 신앙이 된다 한들 이상할 건 하나 없지요. 한 줄기 거미줄처럼 희미하고 가느다란 끈만 연결되어 있어도 충분했답니다. 그로 인해 신앙으로 결속된 이들은 푸른 풀을 뜯는 사자와 같은 모순된 인연에도 쉽게 순응할 수 있었던 것이겠지요. 나도 당신을 만나 신앙을 갖게 됐습니다. 당신에게 집중하고 몰두할 수 있었고 그래서 살 수 있었어요.

취한 듯이 살고 꿈꾸듯이 죽는다는 취생몽사의 의미는 한 홍콩 영화에서 잊으려고 노력할수록 더욱 선명히 기억난다는 것으로 풀이되었습니다. 어떤 시간은 그처럼 신기루와 같아서 잠시 동안만 나타나고 곧 사라져요. 손에 쥐어 가질 수는 없어도 잊지 않을 수는 있는 시간. 막상 거기에 도착하면 아무것도 없을지라도 누구나 산 너머에 뭐가 있는지 궁금해 할 자유는 있으니까. 신기루는 빛과 공기의 상호작용으로 일어난다지요. 그것은 간절히 원하는 것을 보여주지만 보이는 그것에 결코 다다를 수 없게 한다는 점에서 칠교가 보여주는 세계와 비슷해요. 멀리 어딘가에 분명히 존재하는 것, 그것을 마음껏 상상할 수 있지만 그 순간이 지나면 조각들은 곧 균열을 일으키고 현실의 제자리를 상기시키고 말지요.

동양의 퍼즐인 칠교놀이의 규칙은 간단합니다. 일곱 개로 나뉜 한 세트의 조각을 모두 사용해 모양을 완성하는 것, 그것뿐이지요. 다만 이때 일곱 개의 조각 중 하나 이상을 빼거나 일곱 개 모두를 사용하고도 다른 조각을 추가해서는 안 된답니다. 일곱 개의 조각은 한정되어 있지만 그것으로 만들 수 있는 모양은 무한대인 셈이지요. 나는 그 무한대 속에서 많은 성을 쌓았고 무너뜨렸고 또 쌓았습니다. 그렇게 산 것도 죽은 것도 아닌 꿈같은 찰나의 순간에 어렴풋이 그리고 선명하게 당신의 얼굴을 떠올렸습니다. 그것으로 완전히 충만한 시간이 완성되었지요.

우리는 한 번 만나고, 수없이 또 만났습니다. 우리는 서로 곁을 지나쳐 매번 만나자 곧 헤어졌지요. 당신은 어디에나 있었고 동시에 어디에도 없었습니다. 쉴 새 없이 사라지는 사람들과 그 사람들의 시간 속에 잠시 머무르는 것도 힘들더군요. 바람결에만 그저 당신의 동생이 되었다가 누나가 되었다가 연인이, 아내가 되었다가 친구가 되었다가, 대부분은 남으로 스쳤습니다. 당신의 아내가 알아채기 전까지는.

내 태초의 기억은 양수 속에서 시작돼요. 탯줄을 묶기도 전에 죽어버린 엄마에 대한 기억이 남아 있다고 믿고 싶거든요. 그 기억은 눈으로 볼 수 없어도 느낄 수 있는 것에 대해 알려줘요. 때로 누군가에게는 주어진 시간의 매듭이 잘 지어지지도, 풀리지도 않지요. 계속해서 미끄러지고 잘리고 어긋나기 일쑤고요. 어차피 삶은 누구에게나 요상한 시간의 조각들이 조합된 파편일 뿐이랍니다. 나는 그렇게 당신이 손끝으로 새긴 무늬를 간직한 채 이제 기억의 처음으로 돌아갑니다. ⚡

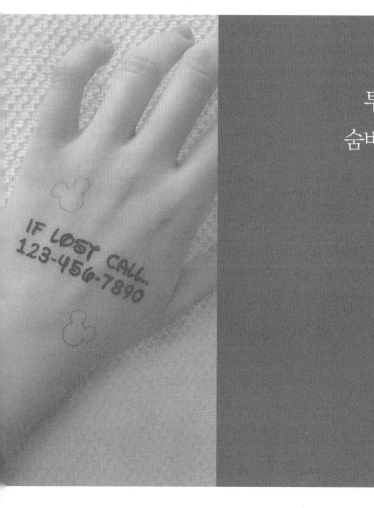

투명한
숨바꼭질

매일 놀이터에 오는 할머니가 있다. 머리가 하얗게 센 그 할머니는 그네 타기를 좋아한다. 작은 계단을 총총총 올라가 손과 발을 앞으로 쭉 뻗으며 미끄럼틀을 타고 내려온다. 시소에도 앉는다. 상대가 없어도 좋다. 할머니는 놀이가 재미있을 때마다 입으로 '와~' 하고 외친다. 동네에서 할머니를 모르는 사람은 없다. 할머니가 계속해서 놀이터에서 놀이터로 이동하며 같은 질문을 반복하기 때문이다. "너 몇 살이니?" "이름이 뭐니?" "어디 살아?" 하루에 두 번을 만나면 두 번을, 세 번을 만나면 세 번을 묻고 다음 날에도 다시 묻는다. 치매에 걸린 할머니에게는 '기억'이 없다.

여자는 얼마 전 아이에게 두 번째 불법시술을 시도했다. 아이는 첫 번째와 달리 크게 저항하지 않았다. 이제 아이는 자신의 몸에 장착된 칩의 레이더망 밖으로 나갈 수 없다. 그리고 그것을 알아차리는 순간

비로소 자신이 진정한 미아가 될 수 있음을 깨닫게 될 것이다. 지금 여자의 손에 들려 있는 리모컨이 자신에게 닥친 의문을 푸는 열쇠라는 걸 아이는 전혀 짐작하지 못한다. 그 리모컨은 여자가 소유하고자 하는 것을 소환하는 장치였으나 결국 여자는 그것으로 아무것도 소환하거나 소유하지 못했다.

여자의 집착은 아이가 두 돌이 지나면서 시작되었다. 32개월 된 아이를 잃어버렸던 날, 그날을 여자는 아직도 잊지 못한다. 2월 말, 여자와 아이는 대형 마트에 딸린 문화센터의 퍼포먼스아트 수업에 참여했다. 수업이 끝나고는 늘 그랬듯이 마트 식당가 옆 실내 놀이터에 들렀다. 화요일의 이 스케줄이 벌써 1년 가까이 지속되었기에 아이는 익숙한 공간에서 신나게 놀았다. 충분히 에너지를 쏟아내 지친 아이를 데리고 지하 주차장으로 이동한 여자는 아이를 차 옆에 잠시 세워둔 채 카트 정리대로 향했다. 그리고 다시 자가용으로 돌아왔다. 그런데 앞 카트의 체인을 연결해 100원을 돌려받는 사이, 그 1~2분 사이에, 아이가 사라졌다.

두 시간째 안내방송을 하고 마트 직원들을 동원해 구석구석을 뒤졌지만 아이는 지하 주차장에서는 물론이고 마트 안 어디에서도 발견되지 않았다. 아이를 잃어버린 것을 알자마자 실종 신고를 해 출동한 경찰들이 마트를 몇 번이고 돌며 살펴보았지만 아이의 행방은 끝내 묘연했다. 서둘러 달려온 남편은 여자를 탓하지 않았다. 이미 정신줄을 놓은 여자에게 아무런 소리도 들리지 않을 것이 뻔했기 때문이다. 차라리 납치나 유괴여서 돈을 요구하는 전화라도 걸려오길 빌었다. 제발 살아서 돌아올 수 있기만을 바라며 천년 같은 하루를, 이틀을 보냈다.

실종 사흘째 날 경찰서에서 연락이 왔다. 아이를 찾았으니 데려가라는 짧막한 내용의 전화였다. 먹지도 마시지도 않아 운신할 수 없을 것 같던 여자가 경찰의 말이 끝나기도 전에 스프링처럼 튀어올라 차키를 가지고 뛰었다. 경찰서에 도착한 여자는 자신의 아이를 확인하고는 그 자리에서 그대로 혼절해버렸다. 아이가 실종되었던 3일이라는 시간이 어떻게 흘러갔는지, 여자는 전혀 기억나지 않았다. 경찰 조서에 따르면 실종의 정황은 대체로 이러했다.

마트에서 아이는 여자와 같은 차종의 다른 차를 따라갔다. 아이는 그 차의 주인에게 어디 사는 누구인지를 답하지 못했다. 다만 부정확한 발음으로 자신의 이름만 반복해 말했다. 왜 그 차주가 마트에서 당장 아이를 찾아주지 않고 이틀이나 보호했는지는 알 수 없었다. 그는 마트에서는 방송을 듣지 못했고 경찰서에 데려가도 결국 연락처도 없고, 말도 분명히 하지 못하는 아이를 미아보호소에 넘겨 괜히 일을 더 어렵게 만들 것 같아 오히려 걱정되었다고 했다. 그래서 일단 데려가고 다음 날 마트에 다시 데려와 부모를 찾아줄 계획이었지만 평소 앓고 있는 당뇨병이 심해져 어제 나오지를 못하고 오늘에야 나온 것이라고 진술했다.

60대 초로의 남자가 아이에게 무슨 짓을 했는지는 누구도 알 수 없었다. 그는 웬일인지 결혼도 하지 않고 가족도 없이 혼자 지내는 독신이었다. 어쨌든 오늘 아침에 일어나 생각해보니 아이의 부모 찾는 일을 자기가 감당할 수 없을 것 같아, 경찰서에 신고하기로 했다며 아이를 데리고 왔다는 것이다. 경찰서에 도착한 아이는 울지 않았을 뿐만 아니라 내내 어떤 소리도 내지 않았다고 했다. 아이의 침묵이 그의 무죄를 인정하게 했다. 여자가 도착하자 엄마를 발견한 아이가 그제야 으앙- 하고 울음을 터뜨렸다. 그런 아이에게 여자는 아무것도 물을 수 없었다. 살아 돌아왔다는 그 사실이 다른 질문을 집어삼켰기 때문이었다.

여자가 아이를 데리고 돌아와 처음 한 일은 씻기고 먹이고 재우는 일이었다. 자신의 품에 안겨 잠든 아이를 보며, 닦고 또 닦아내도 멈추지 않는 눈물을 흘렸다. 찾을 수 없을 거라는 나쁜 생각이 잠시 끼어들 때마다 자신의 뺨을 가차 없이 후려치던 시간들이 떠올랐다. 아이를 씻기며 몸 여기저기를 살폈지만 이상은 발견할 수 없었다. 병원에 가서 무슨 진단을 해보자니 명목도 떠오르지 않고 또 무엇보다, 겁이 났다. 아이를 데려갔던 젊지도 늙지도 않은 남자에게 여자는 고맙다고도 어떻다고도 못 하고 그저 고개만 까딱하고 말았다.

남자의 얼굴은 개기름이 흐르고 눈이 붕어처럼 튀어나온 인상이었다. 눈의 흰자위에 실핏줄이 서 있어 피곤해 보였는데 그 눈이 왠지 여자의 마음에 걸렸다. 생김새와는 달리 태도와 목소리는 어느 교회 목사님처럼 차분하고 단정한 느낌이었다. 하지만 한 치의 흐트러짐 없이 곧게 갈린 가르마나 우는 듯도 하고 웃는 듯도 한 애매모호한 표정 그리고 습관적으로 둥그렇게 만 왼손에 오른손 엄지손가락을 넣었다 뺐다 하는 동작 같은 것이 여자의 눈에 거슬렸다. 그 남자에 대한 사례는 남편이 맡아 처리했다. 어떻게 했는지는 묻지 않았다.

아이의 실종 사건 이후 여자는 집안에서 기를 못 펴고 죽은 듯이 조용히 지냈다. 이 사건 뒤로 남편은 여자와 아이를 모두 데면데면하게 대했다. 전에는 적어도 아이에게만은 애정을 담아 대했었는데, 이젠 전처럼 살갑게 아이를 안고 부비고 간질이는 대신 거리를 두고 말을 건네거나 손가락으로 가볍게 볼을 터치하는 이상으로 접근하지 않았다. 아이는 전처럼 문화센터에 가는 것을 좋아하지 않았다. 그렇게 좋아하던 퍼포먼스 미술 수업도 그만두었다. 한 번은 어쩌다 수업받던 교실 앞을 지나치게 되었는데, 아이가 갑자기 허리를 뒤로 꺾으며 싫다고, 싫다고 자지러지며 울음을 터뜨렸다. 그날 공포에 질린 아이를 달래는 데 두세 시간은 족히 걸렸다.

여자는 돌아온 아이에게 곧바로 미아 보호용 팔찌와 목걸이를 채웠다. 아토피와 몇 가지 알레르기 반응이 있어 금으로 해주고 싶었지만 때로 그런 미아 보호용 금팔찌나 금목걸이를 노리고 접근하는 사람이 있다는 소리를 듣고 목걸이는 은으로 팔찌는 스틸로 주문했다. 간식이나 물휴지와 같은 간단한 소지품을 넣을 수 있는 아이의 배낭도 바꿨다. 새로 구입한 앙증맞은 강아지 모양의 배낭은 줄이 연결되어 여자가 뒤에서 아이를 통제할 수 있는 것이었다. 아이는 씻을 때도 잘 때도 먹을 때도 놀 때도 엄마와 연결된 보이거나 보이지 않는 줄에서 해방될 수 없었다.

때때로 지나친 족쇄라는 생각도 들었지만 여자는 아이에게 각종 호신 기구들을 장착하도록 강요했다. 이제 겨우 네 살. 아이는 아무리 기가 죽었어도 여자의 손안에서 얌전히 있지만은 않았다. 궁금한 것도 재미있는 것도 많은 나이였던 것이다. 또래를 보면 다가가고 인형이나 알록달록한 물건을 봐도 달려갔다. 여자의 시선은 아이에게서 떠나지 않았다. 아이는 서서히 충격에서 벗어나는 것 같았지만 여자는 그러지 못했다. 아이를 보고 있어도 안심하지 못하고 불안 증세가 계속됐다. 남편이 여자도 아이도 거들떠보지 않는 것이 여자의 이런 불안을 더욱 가중시켰다.

남편은 아이에게 거리를 두듯 여자도 안지 않았다. 여자의 죄의식은 그런 남편에게 불만을 갖지 못하도록 했다. 오로지 아이에게 최선을 다하고 집을 잘 건사하는 것만이 자신이 속죄하는 길인 것만 같았다. 그래서 더 자주 닦고 더 자주 치워 집안의 모든 물건들이 흔들림 없이 정해진 자리를 지키도록 애썼다. 여자의 노력으로 물건은 늘 정해진 자리를 지켰지만 사람은 자꾸 정해진 자리를 이탈했다.

아이는 어느새 따뜻해진 봄 날씨에 자꾸 밖으로 나가자고 졸랐다. 하지만 여자는 겁이 났다. 만반의 준비를 마쳐도 자꾸 주위를 둘러보고 살피게 됐고 아이가 눈앞에 있어도 금세 다시 확인해야만 했다. 실종된 아이를 데리고 집으로 돌아온 다음 날, 남편의 반대에도 불구하고 여자는 아이를 데리고 산부인과를 찾아 아이의 질이나 항문에 이상이 없는지 확인했다. 의사는 물리적인 피해 흔적은 없는 것 같다고, 무성의한 태도로 진단했다. 다행이라 여기면서도 여자는 남자에 대한 의심을 풀 수 없었다. 여자에게는 해명되지 않는 침묵의 시간이 그대로 남아 있었다.

 잊자고, 잊어야 산다고 자신을 다독이고 아이를 위해서라도 앞날만 좋은 일만 생각하자고 결심해보아도 불안과 의심은 사라지지 않았다. 남편은 아내를 부를 때마다 '정신을 하와이 신혼여행지에 두고 온 여자'라는 꼬리표를 붙이곤 했는데 그것은 여자의 실수를 온전히 덮지 못하겠다는 저의를 숨기고 있는 말이었다. 그리고 그 추궁은 여자를 끈질기게 좇았다. 실종 이후 여자는 방 안의 불만 꺼도 당장 아이가 다시 사라질 것같이 두려웠다. 눈을 감았다가 떴다가를 반복하며 누워 있으면, 잠이 오지 않았다. 불면증은 피로를 쌓이게 하고 여자를 피폐하게 했다. 남편은 여자와 아이를 두고 다른 방을 쓴 지 이미 오래였다.

 출근 준비를 마친 남편이 현관문을 열고 나가려다 말고 뒤돌아 '머리 좀 묶어라' 하고 퉁명스레 말을 건네 거울을 보았더니 푸석한 산발의 낯선 여자가 자신을 바라보고 있었다. 쾅! 남편이 손잡이를 놓은 철문이 큰 소리를 내며 닫혔다. 닫힌 문 안에서 여자는 날마다 아이에게 이름과 나이, 전화번호와 주소를 외우게 했다. 아직 숫자를 이해하기 힘든 개월 수의 아이는 그 반복이 지루했으나 엄마의 눈빛에서 결코 자신의 반항을 허락지 않을 것을 직감했다. 무의미하게 반복되는 아이의 목소리가 거실을 울리고 나면 여자는 아이의 물건에 이름이나 전화번호가 빠진 곳은 없는지 점검에 점검을 거듭했다.

 아이의 옷 하나하나에 수를 놓아 이름과 연락처를 남기고 자전거나 유모차 같은 소지품에도 전부 지워지지 않는 굵은 유성 펜으로 아파트 이름과 동, 호수 그리고 연락처를 기록했다. 마음 같아서는 아이의 목에 핸드폰을 매달고 위치정보알림서비스를 신청하고 싶었지만 아이가 아직 그것을 간수할 수 없는 나이여서 안타까웠다. 지금으로서는 어쩔 수 없이 팔찌와 목걸이에 이어 이름과 연락처가 새겨진 호신용 금속 호루라기를 구입해 힘껏 불어 소리 내는 연습을 시키는 것으로 만족해야 했다. 그나마 흥미를 끄는 놀이였는지 몇 번의 반복 끝에 아이는 호루라기를 곧잘 불어 보였다. 여자는 흐뭇하게 웃는 것으로 아이에게 화답했다.

계속되는 불면증에 초췌해진 몰골을 수습하고 싶던 여자가 반영구 화장을 생각해냈다. 여자는 방문 시술을 하는 사람을 불러 눈썹과 아이라인을 그려 넣고 입술에 붉은색을 입혔다. 부풀어 오른 얼굴이 혐오스러웠지만 부기가 빠지고 나면 곧 생기 있는 얼굴로 변신할 것이었다. 설레는 마음도 잠시, 여자는 시술사에게 아이라인 그리듯이 얇게 레터링 문신 작업을 할 수 있는지 물었다. 시술사는 여자의 의도를 모르고 본래 얼굴 미용 외 타투 시술은 하지 않지만 간단한 것이라면 안 될 것도 없지 않겠느냐고 심상히 대답했다.

여자는 부어오른 엄마의 얼굴이 어색해 도망가려는 아이를 억지로 끌고 왔다. 그러고는 고통이 가장 덜한 곳이 어디냐고, 그 부분에 아이 이름과 자신의 전화번호만 간단히 좀 새겨달라고 졸랐다. 시술사는 설마 하는 마음에 아직 어린 애한테 왜 그런 짓을 하냐며 싫다고 거절했다. 그 순간 일그러지고 우그러진 얼굴의 여자가 자신이 원하는 일을 해주지 않으면 그 자리에서 누구 하나 죽어 나가고 말 듯 험악한 표정으로 이를 악물고 돈은 얼마든지 줄 테니 하라면 하라고 소리를 질렀다.

순식간에 돌변한 여자의 태도에 당황한 시술사는 여자에게 뿜어져 나오는 독기와 살기가 무서워 우는 아이의 발목을 붙잡았다. 안쪽 복사뼈 부분이 가장 눈에 덜 뜨일 거라며 거기에 작은 글씨로 아이의 이름과 열한 자리 숫자의 전화번호를 새겨 넣었다. 발이 워낙 작아 글자들이 길게 발의 옆면 한쪽을 채웠다. 하얗게 질린 얼굴의 시술자는 작업을 마치고 겨우 여자를 바라보며 오늘 쓴 색소는 영구적인 것이 아니라고, 시간이 지나면 지워질 거라고 말하며 시술비를 요구했다. 여자는 웃돈을 얹어주며 어느새 표정을 풀고 고맙다고 인사했다.

시술사가 황당해하든 말든 여자는 만족했다. 눈두덩과 입술이 잔뜩 부풀어 오른 여자가 괜찮다고, 너를 위해서라고 우는 아이를 달랬다. 영문을 모르고 아픔을 당한 아이는 그런 엄마 품에서 울다 잠이 들었다. 여자는 아직 붉은 기운이 가시지 않은 아이의 발을 바라보며 헛헛함을 느꼈다. 울음이 남긴 여운의 환청 사이로 앞으로 절대 전화번호를 바꿀 수도 이사를 갈 수도 없겠다는 생각을 했다. 아무렴 어떠랴. 그것이 무엇이든 아이를 잃는 고통보다 더할 수는 없을 것이라고 여자는 자위했다.

그렇게 여자의 삶에 고정된 숫자들이 늘어가는 동안 남편의 관심은 점점 더 집으로부터 멀어졌다. 같은 방에서 다른 방으로, 같은 집이 아닌 다른 어딘가로 남편은 거리를 두었다. 여자는 계속해서 집착할 무언가를 찾아 헤맸다. 미아 찾기 캠페인에 나서는가 하면 틈만 나면 유기견 보호 운동에도 참여했다. 여자는 정작 자신이 잃는 것이 무엇인지 그리고 그것을 찾기 위해 어떻게 해야 하는지 잊었다. 대신 자신이 잊은 기억의 자리에 남들이 잃은 것들을 채워 넣고 가끔씩 그 잃은 것 중 하나를 찾으면 자신이 잊은 것을 보상받은 것처럼 기뻐했다.

그러는 동안 남편에 이어 아이의 얼굴 또한 무표정으로 변했다. 웃지도 울지도 않는 아이에게 여자는 곁에 있다는 것만큼 중요한 건 없다며, '이름이 뭐지? 전화번호는? 어디 살죠? 길을 잃었을 때, 낯선 사람이 말을 걸 때는 어떻게 해야 되지요?' 수없이 물었던 질문을 다시 던졌다. 아이는 기계적으로 답하며 엄마의 시선을 피했다. 여자는 어느새 자신의 아이뿐 아니라 길 잃은 모든 것들에 한없는 애착을 느끼며 그것들을 보호하려 들었다. 집 안에 있는 것들이 사라지는 것도 모르고 집 밖에 있는 것을 붙들려고 집착했다. 아이는 그런 엄마와 연결된 줄들에 점점 무감각해져갔다.

선선한 바람이 부는 저녁, 할머니 하나가 흐느껴 울며 몇 차례나 동네를 돌고 있었다.

"할머니, 왜 그래요? 무슨 일이에요?"

"아니, 금방 강아지를 산책시키고 있었는데 얘가 글쎄 저 혼자 앞서 가더니 안 보이네. 하얀 말티즈 종인데. 애기 엄마 혹시 못 봤지?"

"네, 저는 못 봤는데요. 제가 관리소에 방송 좀 해달라고 부탁해볼까요?"

"내가 벌써 가봤지. 근데 사람도 아니고 개 찾는 방송은 안 된다는 거야. 이런 일이 다 있어?"

"애기 엄마, 혹시라도 우리 강아지 보면 701동 1003호로 연락 좀 줘요. 응?"

"예, 그럴게요. 잠깐만요, 할머니네 동·호수, 제 핸드폰에 입력 좀 하고요. 아무튼 저도 관리소 가서 얘기 한 번 더 해볼게요."

"응, 그래. 고마워. 근데 안 해줄 거야. 그나저나 해 지기 전에 찾아야 할 텐데 이를 어쩌면 좋나."

여자는 '그 마음 내가 알지' 하는 얼굴로 둘레둘레 주위를 한 번 둘러보고 개 목줄 잡아당기듯 손에 맨 줄을 다시 한번 당긴다. 아이가 귀찮은 듯 '왜?' 하는 눈빛으로 여자를 바라본다. 아이를 데리고 관리소에 찾아가 방송을 부탁했지만 역시나 직원은 개인적인 용건을 모두 방송할 수는 없다고 딱 잘라 거절했다. 한술 더 떠 광고 전단 붙일 때 2만 원을 내고 관리소 도장을 받은 후에 붙여야지 안 그러면 관리규칙 위반이라고 으름장을 놓기까지 했다.

며칠 뒤 저녁 산책에서 다시 만난 할머니 옆에 하얀 강아지가 혀를 내밀고 서 있었다. 할머니는 옆 단지까지 가서 강아지를 찾아왔다며 환하게 웃었다. 할머니는 계속 '우리 강아지'라고 불렀지만 키운 지 6년째 났다는 그 작은 개는 이미 늙어가는 중이었다. 할머니는 이제 개를 잃을 걱정이 없다며 개의 목에 부착한 노란 표식을 여자에게 보여주었다. 동물병원에 가서 애견용 전자 칩 이식을 했다는 거였다. 여자는 그게 뭐냐고 물으며 솔깃해했다. 할머니는 강아지가 또 없어질까 걱정했더니 아들이 반려동물등록제라는 게 있으니 가까운 동물병원에 가서 전자 칩에 대해 알아보라고 했다며 자세히 일러주었다. 1센티미터 될까 말까 한 작은 칩을 주사기를 이용해 개의 목 피부에 이식했는데 그 전자 칩에 개에 대한 기본 정보를 비롯해 보호자 주소를 입력해놓아 이제 개가 사라져도 전자 칩의 위치추적으로 언제든 찾을 수 있게 되었다는 것이다.

"글쎄 지지난 해부터인가 모든 강아지들에게 어차피 의무적으로 이식해야 한다잖아. 그걸 모르고 그냥 동동거렸으니."

"할머니, 저, 그거, 강아지 전자 칩 이식 말이에요. 혹시 어느 병원에서 했는지 알려주실 수 있나요?"

"사거리 중심상가 2층에 왜 큰 동물병원 하나 있지? 작년엔가 새로 리모델링해서 간판도 더 크게 해 달고. 이름이 뭐더라. 영어로 된 거라 확실히 생각이 안 나네."

"예~ 어딘지 대충 알 것 같네요. 아무튼 강아지 찾아서 다행이에요. 그래도 칩 이식만 믿지 말고 앞으로 좀 더 조심하세요."

여자의 얼굴은 웃음을 띠고 있었지만 단지 웃고 있는 것만은 아니었다. 머릿속은 온통 전자 칩, 이식, 부작용, 영구적인 조치, 동물병원, 위치추적 장치 등의 단어로 꽉 차버렸다.

아버지 생신이 돌아오자 남편은 어쩔 수 없이 집으로 와 여자와 아이를 태우고 본가로 향했다. 여자는 그동안 어디서 무얼 하느라 집에 들어오지 않았냐고 묻지 못했다. 그저 아이가 요즘 부쩍 키도 크고 살도 올랐으며, 재롱도 한참 피운다고 근황을 알리며 눈치를 볼 뿐이었다. 시댁에 가기 전날 남편은 무뚝뚝하게 '등산 시작하셨대.' 하고 말했다. 그 말은 생신 선물은 등산용품으로 고르는 것이 좋겠다는 뜻이었다. 여자는 재빨리 눈치를 채고 백화점에 들러 약간 화려하다 싶은 색깔의 커플 등산복을 구입했다.

포장을 기다리는 동안 한편에 놓인 이런저런 등산 용품들을 구경했다. 굵은 로프가 눈에 들어왔다. 올봄 이후 외출할 때면 여자의 손에는 언제나 아이의 배낭에 연결된 기다란 끈이 쥐어져 있었다. 아이를 묶어두듯 남편도 저 로프에 묶어두고 싶다는 생각이 문득 머리를 스쳤다. 작년 가을 남편과 여자는 나란히 스마트폰을 사고 동의하에 서로의 위치를 알 수 있는 애플리케이션을 다운로드했다. 그걸 쓸 일이 있을 거라고 생각했다기보다는 그저 서로에 대한 믿음을 보증하는 의미에 가까웠다.

여자가 출산휴가와 육아휴가로 2년여를 보내고 다시 회사로 돌아갈 때가 되었을 때 남편은 이참에 좀 더 집에 있는 것은 어떻겠느냐고, 잘 생각해보라고 권했다. 애를 더 키우고 둘째를 낳을 거라면 키울 때 키워놓고 다시 직장생활을 하는 것도 괜찮지 않겠냐는 의견이었다. 여자는 고민 끝에 어린이집에 적응하지 못한 아이를 핑계로 전업주부 생활을 시작했다. 그 탓에 생활 규모는 단출해졌지만 직업에 큰 애착이 있었던 것도 아니어서 마음은 편했다. 다만 아이와 가정에만 매달리다 보니 전에 비해 흐트러진 모습을 종종 발견하게 되었고 그럴 때면 늘 말끔하고 화려한 치장으로 뽐내고 다니던 직장생활이 그립기도 했다.

시댁에서는 군말 없이 음식을 차리고 치우고 과일과 차를 준비하는 것으로 시간이 지나갔다. 시댁 식구들 곁에 혼자 남겨지고 보니 문득 이 불편함의 정체를 알 것 같았다. 결혼 전 남편이 오랫동안 교제했던 여자는 최고학부에서 사회학인가를 전공하고 대학원에 진학해 계속 공부를 하던 꽤 똑똑한 사람이었지만 집안이 형편없었다고 했다. 남편이 여자 친구라며 어른들께 인사시켰을 때 사람 하나만 보면 모를까 집안 간에 너무 차이가 진다며 연애는 하되 결혼까지는 좀 더 생각해보는 게 좋겠다고 시간을 끌었고 결국 그 여자가 먼저 물러나 관계가 깨지고 말았다고, 남편은 덤덤히 말했었다.

지방 국립대에서 화학을 전공한 여자와 남편의 옛 여자는 여러모로 많이 달랐는지 연애 초기에 남편은 여자의 말이나 행동에 종종 깜짝 놀라는 표정을 짓곤 했다. 그럼에도 남편의 옛 여자와 달리 여자의 눈에 띄는 외양과 집안의 뒷받침이 남편 부모님에게 흡족하게 받아들여져 선을 본 후 세 달 만에 쉽게 결혼이 성사되었다. 하지만 지방대 출신인 여자의 학력은 내내 못마땅한 결혼 조건으로 두고두고 입방아에 올려졌다. 시댁에서 결혼 허락은 했지만 남편의 조건에 비하면 여자의 조건이 충분치 못하다는 것을 부정한 것은 아니었기 때문이다. 그런 분위기에 여자는 시댁에서 늘 위축되었다.

만난 지 얼마 되지 않아 결혼한 만큼 부부가 처음부터 정이 깊었던 것은 아니었다. 하지만 신혼 시절 남편은 여자가 안내한 미용실에서 깔끔한 헤어로 변신하고, 전과는 다른 분위기의 자신을 보는 것을 즐겼다. 또 여자가 코디한 옷을 입고 출근해 결혼 후에 부쩍 멋있어졌다는 칭찬을 들을 때는 한껏 들뜨기도 했다. 그 무렵 남편은 퇴근 후 센스 있는 아내를 두어 지금껏 누리지 못한 호사를 누린다고 여자에게 고마움을 표하곤 했다. 하지만 신혼은 금방 지나갔다. 딸을 낳자 시댁 어른들은 둘째도 어서 보아야 하지 않겠느냐며, 서둘러 손자 욕심을 내비쳤다.

남편은 대기업 경제연구소에 근무하면서 틈틈이 사사로운 경제 프로젝트도 진행했다. 어떤 때는 월급 이외의 수입이 더 많을 때도 있을 만큼 외부 일이 많았다. 한동안 회사를 그만둘까 어쩔까 고민하기도 했지만 고정적인 자리가 주는 안정감을 당분간은 유지하고 싶다며 마흔 전에는 다른 회사나 창업의 방식으로 움직이지 않겠다고 했다. 문제는 남편의 일이 너무 많다는 것이었다. 신혼이 지나가면서 남편은 둘째를 생각할 겨를이 없을 정도로 워커홀릭으로 변해갔다. 다정다감하던 모습도 점차 사라지고 남은 것은 남편으로서의 의무방어적인 태도뿐이었다.

웬만하면 며느리와 따로 말을 섞지 않으려 노력하던 시아버지가 며느리를 따로 불러 앉혔다. 그는 지난 몇 년간 도저히 애 엄마로서는 할 수 없는 실수라고 여겼던 여자의 행동을 지적했다. 그러고는 남편의 아내에 대한 무관심을 어느 정도는 이해할 것이라고 생각한다며 마흔 초반이면 아직 젊은 나이라 사실 이혼을 권할까도 고려했다는 말을 덤 덤히 전했다. 하지만 아이도 있는데 어떻게든 다시 마음을 잡아야 하 지 않겠느냐고, 서로 노력해야 할 문제라고 남편을 다독였다고 했다. 그러니 여자도 며느리로서 앞으로 좀 더 신경을 써야 할 부분이 무엇 인지 고민하고 노력하라고, 지켜보겠다고, 질타와 위로를 겸한 충고 를 했다.

시아버지의 목소리를 듣는 여자는 눈앞이 캄캄했다. 시댁에서 여자 의 실수들로 부부의 이혼까지 입에 올렸었구나, 생각하니 남편도 불 쌍하고 자신의 초라한 처지도 죽도록 싫어졌다. 시아버지가 말한 그 동안의 실수는 지난 실종 사건 이전에 여자가 아이를 잃어버리고 찾은 몇 번의 일들을 말하는 거였다. 당일에 찾지 못한 적은 없었지만 여자 는 어이없는 이유로 전에도 서너 차례 어린아이를 잃었었다.

식구들끼리 나들이 삼아 동물원에 갔을 때, 유모차에 태운 아이를 데리고 화장실에 갔던 여자가 아이를 깜빡하고 혼자 나와 한참 돌아다 니다가 아이가 없다는 것을 문득 깨닫고 다시 화장실에 가서 유모차에 누워 우는 아이를 찾아온 일이 있었다. 또 한 번은 주말을 이용해 남편 과 어린이 도서관에 아이를 데리고 갔을 때였다. 여자가 잠깐 졸다 깨 보니 아장아장 걷는 아이가 없었다. 허겁지겁 아이를 찾아 나섰을 때, 다행히 도서관 밖 벤치에서 울고 있는 아이를 자료실에서 따로 시간 을 보내다 음료수를 사러 나온 남편이 발견해 달래는 중이었다. 동네

놀이터에서 아이가 사라진 적도 있었다. 지켜보고 있다고 생각했는데 어느새 아이가 여자의 시선 밖으로 벗어나 있었다. 여자는 없어진 아이를 찾아 맨발로 미친 듯이 동네를 뛰어다녔다. 평소 자주 들르던 슈퍼에서 아이를 찾긴 했지만 이런 실수들이 여자에 대한 신뢰를 거두도록 만든 건 어쩔 수 없었다.

여자도 왜 자꾸 그런 일이 자신에게 일어나는지 알지 못했다. 남편이 '부주의해서'라고 정확히 진단을 내렸지만 어쩐지 올곧이 인정할 수가 없었다. 그런 와중에 납치인지 유괴인지 정확한 명칭을 붙일 수 없는 그 사건이 이어 일어났던 것이다. 남편도 시댁 식구들도 심지어 친정 식구들도 여자를 한심하게 생각했다. 다들 직접적인 비난은 애써 피해왔기에 시아버지의 다정한 대화 시도가 여자에게는 오히려 선전포고처럼 느껴졌다.

무슨 정신으로 집까지 왔는지 모를 여자에게 남편은 도착했으니 올라가라며 여자와 아이가 차에서 내리기를 기다렸다.

"같이 올라가는 거 아니야?"

"일이 좀 밀려서 당분간 집에 들르기 힘들 것 같아. 이번에 좀 큰일을 맡게 돼서. 이 일만 끝나면 시간 좀 같이 보낼 수 있도록 해볼게. 제발 정신 똑바로 차리고 애 잘 봐. 부탁이다. 무슨 일 생기면 바로 전화하고."

"애가 아빠 얼굴 잊어버리겠어."

"오늘 충분히 봤는데 뭘 그래. 많이 컸더라. 아주 못 보는 것도 아니
잖아. 연락하자. 응? 늦었다. 어서 들어가."

"……."

잠든 아이를 떨어뜨릴까 부둥켜안은 채 현관 전자키의 비밀번호를
누르고 겨우 집에 들어왔다. 그제야 여자의 눈에서 눈물이 쏟아지기
시작했다. 자신이 어쩌다, 왜, 이렇게 초라하게 변해버렸는지 아이를
낳고 기르고 사는 일이 남들에게도 다 이렇게 힘든 일인지, 남편은 왜
자신의 꿈은 전혀 희생하려 들지 않는지, 돈을 적게 벌더라도 함께 하
려는 생각을 왜 하지 않는지, 모든 것이 답 없는 질문으로 눈물과 함께
쏟아졌다. 한참을 울던 여자가 마음을 다잡아야 한다고 이렇게 무너
지면 안 된다고 다짐하며 상가 수첩을 뒤졌다.

"저, 선생님 유기견 방지 ID 칩 이식에 대해 듣고 왔는데요."

"어차피 의무 시행 지역이라 곧 하게 되실 텐데요. 오늘 하시겠어
요? 언론이나 인터넷에서 떠드는 것처럼 그렇게 위험한 시술은 아니
니 걱정은 마세요. 개는 어디 있나요?"

"그게요. 저희 강아지한테 사정이 좀 있어서 그런데요. 칩 이식이
주사기로 간단하게 할 수 있는 거라던데, 칩하고 리더기하고 구입이
가능하다면 방법을 배워서 집에서 좀 했으면 싶은데요. 혹시 가능할
까요?"

"아뇨. 그건 안 됩니다. 위험하기도 하고요. 어차피 또 정보 입력을

해야 하니까요. 리더기 같은 경우도 개인이 구입할 수 있는 기기가 아닙니다. 사정은 모르겠지만 한 번 데리고 나오세요. 그게 가장 확실한 방법입니다."

"아니, 사정이 좀 그래서요. 그럼 혹시 병원에 오지 않고도 할 수 있는 방법은 없을까요?"

"글쎄요. 저희 병원에서는 방문 이식을 원칙으로 하고 있어서요. 생각해보시고, 가능하면 데리고 나오세요. 시술 시간도 짧고, 간단하니까요."

"네. 그래요. 그럼 일단 그리 알고 좀 더 생각해보고 올게요."

그날부터 여자는 인터넷으로 칩과 리더기만 따로 구할 수 있는지 알아보기 시작했다. 그러다 보니 이런저런 부가 정보도 얻게 되었다. 여자는 미국의 한 회사에서 RFID라는 인체 이식용 마이크로 칩을 구할 수 있다는 것을 알고 바로 주문했다. 유리캡슐형의 이 칩은 피부 아래 이식해 개인 병력이나 신원 정보 등의 정보를 담을 수 있게 되어 있다고 했다. 여자는 칩과 칩 스캐너 등 일체를 구입했다. 최신형의 고급 사양으로 위치 추적과 더불어 경로 설정을 할 수 있게 되어 있어 칩 이식자가 경로를 벗어날 경우 알람으로 알려주는 기능까지 갖춘 것이었다.

택배로 물건이 도착한 날, 전자 태그와 그것을 주입할 수 있는 주사기를 앞에 둔 여자의 심장이 빠르게 뛰었다. 블록놀이를 하던 아이가 엄마를 돌아보았다. 아이의 눈은 여전히 텅 비어 있었다. 아이를 꼭 안았다. 여자는 무서웠다. 그러나 다른 어떤 방법보다 이게 가장 확실한 방법이라는 생각에는 변함이 없었다. 아이의 여린 살을 쓰다듬어보았다. 칭얼거리는 아이를 다시 한번 꼭 안았다.

"미안해. 엄마는 말이야. 다시는 널 잃어버리지 않을 거야."
"엄마, 이거 같이 하자."
"그러자. 우리 블록으로 멋지게 집 짓자. 그런 다음에는 병원놀이 할 거야. 괜찮지? 재미있겠지?"
"응! 좋아."

창문이 여러 개 있고 정원에는 꽃과 연못이 있고 자동차도 한 대 주차해 있는 아늑한 블록 집을 지어놓고 난 후, 약속대로 병원 놀이를 시작했다. 이 병원 놀이에서 엄마는 의사 선생님을 아이는 환자 역할을 맡았다. 가짜 의사는 아이에게 진짜 주사를 놓았다. 칩은 순식간에 들어갔다. 그리고 아이의 왼쪽 팔 안쪽 주삿바늘 자국 위로 캐릭터가 그려진 밴드도 재빨리 붙여졌다. 아이를 재우고 여자는 리더기를 이용해 전자태그의 작동을 확인해보았다. 작동은 잘 되었다. 위치 추적이 되는 칩은 믿을 만한 경호원 같았다. 비밀번호는 여자가 주로 쓰는 자신의 ID로 정했다. 아이는 여자의 요구에 여느 때처럼 담담히 반응했지만 여자는 요즘 분명히 느끼고 있었다. 아이의 텅 빈 눈이 향하는 곳이, 아이 아빠가 그랬던 것처럼, 집 안쪽이 아니라 바깥이라는 것을 말이다.

여자는 가능하면 아이가 집 안에서 놀기를 바랐지만 어린이집에 다니기 시작하면서 아이는 집 안의 놀이보다는 바깥 놀이에 더 빠져들었다. 한편으로 당연한 과정이라 생각하면서도 불안은 쉽게 떨쳐지지 않았다. 아이는 놀이터에서도 유독 위험한 놀이를 즐겼다. 그중에서도 특히 그네 타는 것을 좋아했는데, 줄을 잡고 뒤집어질 듯이 높이 뛰어올라 여자를 조마조마하게 만들곤 했다. 아이에게 정글짐의 꼭대기에 올라가는 것쯤은 우스운 놀이였다. 철봉에 매달리는 것도 힘든 나이에 기어코 철봉이나 구름사다리 위에 올라가 앉거나 가끔은 서 있기까지 해 기겁을 한 적이 한두 번이 아니었다. 까딱하면 큰 사고로 이어질 수 있는 과격한 방식의 놀이만이 아이를 즐겁게 하는 모양이었다.

여자아이치고는 우악스러운 면이 없지 않았지만 그래도 별문제 없이 크고 있다고 생각했다. 그런데 어느 날인가부터 아이가 비뚤어지기 시작했다. 틈만 나면 집 밖으로 나가버리는 것이었다. 하지만 여자는 언제나 아이를 찾아냈다. 아이는 엄마와의 이상한 숨바꼭질 놀이가 끝나지 않는 것이 불쾌했다. 그래서 더 꾀를 써 숨고 도망쳤다. 하지만 소용없었다. 아이는 자신이 이 게임에서 이기지 못하는 이유를 알 수 없었다. 유치원에서 수업 중에 화장실을 간다고 나와 한적한 놀이터를 휘젓고 다니다 보면 언제나 엄마가 눈앞에 나타나 도끼눈을 뜨고 있었다. 엄마에게 얘기하지 않고 친구 집으로 놀러 가도 엄마는 용케 자신을 찾아냈다. 한 시간이면 충분했다.

여자는 노심초사하며 아이가 정해진 경로를 벗어나면 어김없이 경고음을 내는 기계를 바라보았다. 요즘 부쩍 경고음이 자주 울린다. 아이가 그것을 즐긴다는 것도 모른 채 여자의 가슴은 하루에도 몇 번씩 철렁 내려앉았다. 아이와의 줄다리기가 시작되었다고 느낀 것은 아이의 입에서 집보다 놀이터나 친구 집이 더 좋다는 말이 나오고부터다. 아이는 끝없이 집에서 더 멀어지려고만 했고 여자는 그런 아이와 연결된 줄을 놓치지 않으려고 팽팽히 맞서 당겼다.

아이 방 천장에 두 줄의 굵은 로프를 고정해달라고 주문한 것은 그네를 달아맨다는 목적에서였다. 설치 기사는 흔히들 문에 봉(棒) 형으로 고정하는 그네를 다는데 왜 굳이 이렇게 탄탄한 그네를 택했느냐며 혹시 애가 우량아냐고 농담을 했다. 여자는 아무래도 한 번 설치해두면 꽤 오래 쓸 것 같아서 이왕이면 튼튼한 것으로 하려 한다고 대충 대꾸했다. 아이의 방 한 가운데 굵고 긴 두 줄의 로프로 연결된 그네 설치가 끝났다. 여자는 한 줄에는 아이를 다른 한 줄에는 남편을 매다는 상상을 해보았다. 상상만으로도 안정감이 느껴졌다.

몇 달 전부터 남편의 위치를 추적해보면 사무실과 시댁을 벗어난 곳으로 찍혀 나왔다. 요즘 어떻게 지내냐고 안부 전화를 해보니 회사 근처에 오피스텔을 하나 얻었다고 했다. 그 오피스텔은 외부인 출입을 철저히 통제하는 관리 시스템으로 유명한 곳이었다. 아내인 여자도 남편의 공간에 출입이 허락되지 않았다. 속옷이나 반찬이라도 챙길 수 있게 출입 카드 하나 만들어달라고 하자 남편은 "됐어. 신경 쓰지 마. 알아서 할게."라고 짧게 답했다. 아이를 재우고 새벽까지도 잠이 오지 않을 때 여자는 한달음에 남편의 오피스텔 앞까지 차를 몰고

갔다. 그러고는 출입금지 당한 문 앞에서 멍하니 굳게 잠긴 유리문을 바라보곤 했다.

여자는 오피스텔에서 나오는 아주 젊거나 약간 늙은 여자들이 모두 남편의 방에서 나오는 것만 같은 기분에 사로잡히곤 했다. 착각일 뿐이라고, 불안하면 지금이라도 확인해보면 될 일이라고 자신을 설득해보았지만 보이지 않는 의심은 점점 더 촘촘한 거미줄을 만들어 자신을 조여 왔다. 그날 새벽, 잠들지 못한 여자는 자동반사적으로 차를 몰아 남편의 오피스텔로 향했다. 한참을 앉아 있다 알 수 없는 분노로 일그러진 심장을 달래 집으로 향하려던 순간, 문득 잠이 왔다. 며칠째 불면의 밤을 보낸 터라 그럴 만도 했다. 잠시 눈을 붙였다 떼보니 두 시간여가 지나 여섯 시 조금 못 된 시간이 되어 있었다. 그리고 어둠 속에서 남편이 한 여자를 배웅하고 있는 장면을, 그런 환영을, 목격했다.

아이는 자신을 위해 준비한 그네를 그리 달가워하지 않았다. 집에 매단 그네는 힘껏 타면 벽에 발이 부딪쳐 걸린다며, 그럼 재미가 없다고 불평했다. 여자는 아이를 향해 실망한 표정을 지어 보이며 그래도 비 오는 날이나 겨울처럼 놀이터에 나갈 수 없을 때 필요할 것이라고 말해주었다. 가방을 챙겨 아이를 어린이집에 데려다준 후 집으로 돌아왔다. 평소 같으면 아이 뒤치다꺼리에 어질러진 집을 치우고 방문 미술 교사가 오기 전에 먹일 간식을 준비했을 시간이었다. 여자는 아이 방에 들어가 오랫동안 그넷줄을 멍하니 바라보았다. 이번에는 그네를 묶은 두 줄의 한쪽에는 남편을 다른 한쪽에는 남편의 여자를 매다는 상상을 해보았다. 경험해보지 못한 쾌감에 키득키득 웃음이 났다.

실없이 웃던 여자가 그넷줄에 자신의 몸을 묶기 시작했다. 아이가 기를 쓰고 철봉에 오르듯 여자는 그넷줄에 아등바등 매달려 오르기 시작했다. 안 쓰던 힘을 써 매달리자니 손과 팔의 감각이 점점 사라졌다. 한참의 시간이 흘렀다. 천장 가까이까지 올라간 여자는 굵은 그넷줄을 목에 겨우 감았다. 목이 조여오자, 다시 환영이 보였다. 무엇이 거짓이고, 무엇이 거짓이 아닌지 여자는 알 수 없었다. 자신이 고정하려 했던 것, 고정되고 싶었던 것이 무엇인지도 헷갈렸다. 숨이 막혀왔고 째깍째깍 시계 소리만 크게 들렸다. 머릿속에서는 수없이 많은 가닥의 줄들이 여자를 칭칭 옭아매 조이고 있었다. 아이의 작은 가방 끝에 늘 달려 있던 줄 그리고 남편에게 뻗쳐두었던 보이지 않는 추적과 의심의 줄들을 거둬 그것으로 자신을 감싸자 그 순간 평온해졌다. 축 늘어져 매달린 여자의 의식이 생의 경계를 넘어가려 할 때쯤, 거실의 전자 칩 스캐너에서 삐-삐-삐- 경로 이탈의 경고음이 울렸다. ⚡

G

가스레인지의 중간 밸브를 다섯 번 건드릴 것, 톡, 톡, 톡, 톡, 톡. 화장실의 수도꼭지를 아홉 번 만질 것, 톡, 톡, 톡, 톡, 톡, 톡, 톡, 톡, 톡. 안방의 스위치를 네 번 칠 것, 톡, 톡, 톡, 톡. 베란다 문의 잠금장치를 두 번, 톡, 톡. 전화기를 여덟 번, 톡, 톡, 톡, 톡, 톡, 톡, 톡, 톡. 현관 문고리를 하나, 둘, 셋, 넷, 다섯, 여섯, 톡. 마지막으로 현관 신발장에 붙어 있는 거울을 검지 끝으로 세 번, 중지 손가락 끝으로 네 번, 톡. 이것은 G가 현관을 나서기 전 늘 반복하는 외출 의식이다. 그는 불안에 대처하기 위해 숫자를 셌다. 배변이 급할 때 그것을 참아내는 유일한 주문은? 하나, 둘, 셋, 넷, 다섯, 여섯, 일곱, 여덟, 아홉······.

건드리는 물건의 수는 늘어났지만 해당 물건에 부여한 숫자는 변하지 않는다. 자신만의 질서에 안녕을 기원하는 G의 이 행위는 습성으로 남아 생활 전반에 영향을 미친다. 그러나 가족도 가까운 주변 사람들도 그의 이런 괴이한 습성을 잘 알아차리지 못했다. 오로지 본인만 아는 작은 터치들이 오늘도 G의 하루를 기다리고 있다. 엄숙하게 외출 의식을 수행한, 말끔한 수트 차림의 G가 휴대폰 메모장에 기록해 둔 오늘의 일정을 체크한다.

오 팀장 부친상 조문 : 연세대학교 병원 장례식장, 오전 11시
맞선 : 쉐라톤워커힐호텔, 오후 1시
생활경제디자인미팅 : 회사 내 회의실, 오후 4시
어머니 문병 및 맞선 결과 보고 : 한남동, 오후 7시경
목표 : 오후 9시 전 귀가, 11시 전 취침

오전 10시 30분, 조금 이른 시간에 병원에 도착했다. 어지럽게 놓여 있는 물건들이 눈에 띄자 얼굴에서부터 식은땀이 흐르고 자동반사로 숫자 세기가 시작되었다. 숫자를 센다고 물건들이 제자리를 찾아 돌아가는 것도 아닌데 G는 무질서한 물건들에 끊임없이 숫자를 부여해 그것을 잊으려 했다. 신발을 벗고 들어가야 하는 장례식장 앞에서 G는 바닥에 놓인 검은 구두들의 수를 세고 있었다. 구두의 수를 모두 세지 않고는 그 안으로 영영 들어갈 수 없을 것 같았다. 서른여덟 켤레까지 세었을 때 주방의 도우미 아주머니가 나와 신발정리 전용 막대를 이용해 짝을 맞추어 구두를 나란히 정리하기 시작했다. 아주머니의 정리가 끝나 흐트러짐 없이 도열한 구두들을 보고 나서야 G는 식장으로 들어가 조문할 수 있었다.

조문을 마치고 병원 앞에서 택시를 타고 호텔로 향했다. 12시 48분, 택시에서 내려 129번째 걸음을 옮기고 났을 때 눈앞에 그 여자가 서 있었다. 첫눈에 자신의 맞선 상대임을 알아차렸다. 예뻐서가 아니라 그저 그런 맞선용 차림새와 화장이 그럴 확률을 높이고 있었기 때문이었다. 먼저 들어가 안내받은 테이블에 앉자 아니나 다를까 입구에서 만난 여자가 다가온다. 여자는 손톱에 짙은 색깔의 매니큐어를 발랐는데 왼쪽 엄지손톱 끝 부분에 좁쌀 크기만큼 색이 벗겨진 것이 눈에 띄었다. 그것을 확인하는 것과 동시에 주문한 음료가 나왔다. 여자는 매니큐어 벗겨진 손으로 찻잔을 받쳐 잡고 홀짝홀짝 커피를 마신다. G는 그런 여자를 그저 바라본다.

마음속에서는 대체 저런 손으로 커피가 입에 들어가는 여자는 어떤 여자일까 혼란스럽고 불쾌한 감정이 뭉게뭉게 일어나고 있었다. 여자가 무슨 말인가를 늘어놓고 있었다. 그는 계속해서 저런 손톱을 하고는 말이 잘도 나오는 사람이구나, 저런 손톱으로 웃음이 나올까, 저런, 그 손으로 입을 가리고 웃다니, 쯧쯧 혀가 절로 차였다. G는 여자가 하는 말을 거의 알아듣지 못했다. 오로지 그 손톱에만 정신이 집중되어 다른 쪽으로는 신경이 쓰이지 않았다. 우왕우왕우왕 선풍기 팬 돌아가는 이명 속에 여자의 목소리가 잠겼다 떠오르기를 반복하다, 그쳤다. 그가 실례한다며 화장실로 도망쳤기 때문이었다.

화장실에 다녀와 식사는 못 할 것 같다며 만난 지 16분 만에 이별을 고하고 말았다. 여자의 얼굴이 험하게 일그러졌다. 그러나 남자의 현기증도 여자의 당황스러움 못잖게 심각한 상태였다. 호텔을 나오자마자 현기증이 두통으로 발전하고 말았다. 시야의 중심이 점점 흐려지고 어지러움이 동반된 이름 붙일 수 없는 두통으로 더 버티지 못하겠다고 생각했을 때, 눈앞에 택시가 와 섰다. 일정상 회사로 가는 것이 맞는 순서였지만 두통에 너무 진이 빠져 집으로 들어오고 말았다. 화장실에 들어가 확인해보니 속옷, 겉옷 할 것 없이 식은땀으로 전부 축축하게 젖어 있었다.

샤워를 하고 옷을 갈아입고 잠시 누우려고 침대로 향하면서, G는 방 안의 모든 서랍이 닫혀 있는지 눈으로 다시 확인을 한다. 방문을 반쯤 열어두고 침대로 올라간다. 왼쪽으로 누워 작은 쿠션을 다리 사이에 끼우고 허리와 엉덩이 부분이 감싸이도록 타월 시트를 두른 후 벽에 등을 댄다. 왼쪽 얼굴을 베개의 중앙 하단부에 밀착시키고 눈을 감는다. 잠이 온다, 온다, 온다.

잠에 빠지기 전 다시 두통의 공격이 맹렬해진다. 왼쪽 관자놀이가 두통의 근원지인지 베개에 기댄 왼쪽 머리가 지끈지끈 울린다. 왼쪽 머리를 대고 누우면 울림이 지끈지끈지끈지끈지끈지끈 빨라지고 오른쪽으로 돌아누우면 지-끈-지-끈-지-끈-지-끈 하고 느려진다. 느리게 전달되는 통증이 더 못 견딜 노릇이어서 왼쪽으로 자세를 고정한다. 일정하게 울리는 관자놀이의 맥박을 느끼며 지난 몇 달간 맞선으로 만난 여자들의 얼굴을 떠올려본다. 서류상으로만 따지면 꽤 괜찮은 스펙의 여자들을 소개받은 것이었음에도 기억을 떠올리니 여자들의 얼굴이 돼지와 하마와 코뿔소를 섞어놓은 이상한 모습으로만 나타난다.

G는 왜 대부분의 여자들은 자신이 자기관리에 충분히 철저한 듯이 과장하면서 정작 세심한 부분은 챙기지 못하는지 의문이었다. 여자들의 그 무심함 때문에 점점 G의 병세는 악화되고 있었다. G에게 소개된 여자들은 교사, 공무원, 호텔리어, 승무원 등 그럴싸한 직업을 가진 부류들이었다. 그도 그럴 것이 많은 돈을 들여 맞선을 주선하는 회사에 의뢰한 만남이었기 때문이다.

커플매니저는 맞선에 실패할 때마다 걱정 말라며 반드시 꼭 맞는 사람을 찾아주겠다고 다짐에 다짐을 거듭했다. 그러나 맞선자리 이후에 G는 언제나 입안에 물비린내가 가득 차는 느낌이 들었고 더불어 자기혐오에서 벗어나기 어려웠다. 자기혐오에서 그치면 그나마 낫겠는데 상대에 대한 혐오까지 겹쳐 바람직한 소득이라고는 조금도 남기지 못하고 매번 낯모르는 사람에게 무지막지한 쌍욕을 들은 것과 같은 불쾌감만 잔뜩 안고 돌아와야 했다.

어떤 여자는 머리끝에서 발끝까지 공을 들여 치장을 하고 나왔지만 구두까지는 신경을 쓰지 못했는지 먼지가 뿌옇게 내려앉은 구두를 신고 나왔었다. G는 그때 그 신발이 거슬려 오늘처럼 아무런 말도 하지도 듣지도 못한 채 안절부절못하다 도망치고 말았다. 또 어떤 여자는 어깨에 비듬이 몇 개 떨어져 있었고, 어떤 여자는 화장이 들떠 코 중간에 하얀 각질이 일어나 있었다. G와 마주한 여자들은 항상 전체로 존재하지 못하고 그런 하나의 먼지나 비듬, 각질로만 존재했다.

그렇게 신경 쓰이는 부분에 정신을 빼앗기면 G는 아무런 사고도 더 진행시킬 수 없었다. 그럴 때는 공황상태에 빠져버리고 말았다. 다음 여자도 그 다음 여자도 그 다음 다음 여자도 모든 여자들이 혐오감을 불러일으키는 어떤 결함을 지니고 있었다. 무엇이 되었든 하나라도 걸리는 부분이 있으면 G는 그 여자가 아무리 돈이 많고 똑똑하고 예뻐도 보고 앉아 있을 수가 없었다. 그리고 아직까지 단 한 차례도 결함 없는 혹은 결함이 눈에 띄지 않는 여자를 만나지 못했다.

두통이 잦아들기를 그저 기다릴 수 없어 결국 진통제를 네 알 먹었다. 다시 서랍을 확인하고 문을 반쯤 열고 다리의 쿠션과 엉덩이의 타올 시트와 벽과 등이 만나는 부분 그리고 베개에 부딪치는 얼굴의 각도를 맞추고 눕는다. 잠이, 잠이, 잠이, 온다.

올해 나이 마흔하나가 된 G가 맞선이라도 봐서 결혼을 하려 하는 이유는 주변의 시선 때문이다. 고등학교 때부터였다고 기억한다. 말끔한 차림새나 결벽증으로, 친구들에게 게이나 동성애자로 낙인찍히고 말았다. 하지만 G는 크게 개의치 않았다. 어릴 때는 그런 놀림을 받아도 스스로 정체성에 큰 문제가 없다고 생각했기 때문에 그저 가볍게 웃고 넘기곤 했다. 그런데 나이가 들어 부모님에게까지 오해를 사고 미친놈 소리를 들으니 더는 미루고 싶지 않았다. 어떤 방법으로든 연애고 결혼이고 해야겠다고 결심을 했다. 그러고 나니 의외로 일의 순서는 분명했다. 무엇보다 이 나이에 소개팅, 미팅 따위를 하자니 낯간지러운 부탁을 동반해야 한다는 점이 걸렸다. 자연스레 결혼을 주선하는 회사에 등록을 하게 됐고 그런 경로로 여자를 만나보기로 했다.

하지만 오늘 같아서는 결혼을 포기하고 싶다. 차라리 그냥 게이로 오해받으며 사는 것이 나을 것 같기도 하다. 억울한 것은 그가 진짜 게이는 아니라는 사실이다. 그가 첫 번째로 사귄 여자 친구는 학과 동기였다. 미대 서양화과 커플로 1학년 때부터 2년 가까이 만났다. 하지만 그 여자 친구는 워낙 몸이 약했고 그래서 너무 자주 아팠다. 그리고 어느 날 갑자기 죽었다. 믿기 힘든 노릇이었지만, 스물한 살의 여자 친구가 갑자기 죽어버린 것이다. 너무 황당한 사건이었다. 그 애가 죽고 나서 자신이 정말 그 애를 사랑하기는 한 것일까, 추상적인 질문이 문득 머리 위로 뾰족하게 솟아 나왔다. 질문이 머릿속을 휘저으며 지난 시간을 건드려 잠깐씩 아프기도 했다. 하지만 그것도 금방 잊었다. 그 애를 엄청나게 사랑하지는 않았나 보다 하고 결론을 내리자 조금 슬퍼졌었던 것 같기도 하다. 하지만 슬픔도 곧 지나갔고 솟았던 질문도 언제 그랬냐는 듯 다시 들어갔다.

첫사랑을 어이없게 보내고 난 어느 날이었다. 죽은 여자 친구의 얼굴을 떠올려보려 해도 전혀 생각나지 않았다. 기억해보려고 아무리 애를 써도 예쁘지도 못생기지도 않은 평범한 동양화풍의 어떤 얼굴만 생각났다. 그 얼굴이 그 얼굴인지 아닌지 아무래도 모르겠어서 그냥 잊어버리자고 마음먹고 생각하지 않으려 하는데 이번에는 또 생각처럼 되지 않고 자꾸 그 하얗고 밋밋한 얼굴이 나타났다. 그래서 그냥 그 얼굴이 그 얼굴이라고 믿기로 했다. 하도 그 얼굴 때문에 신경이 쓰여 생각나는 대로 대충대충 그 초상을 그려보았다. 막상 그리고 나니 역시 그 얼굴이 아닌 것만 같았다. 더 생각하기 싫은 마음에 자신이 그린 얼굴에 검은색 물감을 덧칠해 지워버렸다.

견딜 수 없는 두통 때문에 잠시 눈을 붙이고 회의에 참석한다는 게 30분이나 지각하고 말았다. 회의에 늦었다는 자책에 빠짐으로써 G는 낮에 본 여자의 손톱을 조금은 잊을 수 있었다. 그나마 다행한 일이었다. 회의 탁자에 앉아 메일 확인을 했다. 새로운 메일 19통을 처리하고 나니 메일함이 말끔해졌다. G는 메일 상자에 지저분한 스팸메일들이 채워져 있는 것이 극도로 싫었다. G는 메일 0통, 쪽지 0통이라고 적힌 상태를 확인하며, 자신이 0이라는 숫자가 주는 안도감을 사랑한다고 생각했다. 어쩌다 다른 사람의 수신 메일 숫자가 1358이나 687 등으로 떠 있는 화면을 보게 되면 심장이 쿵쿵쿵 뛰고 안압이 높아졌다. 그런 일은 그에게 절대 있어서는 안 되는 일이었다.

생활경제디자인 미팅에서는 수없이 많은 아이디어가 나오지만 그가 주력하는 쪽은 문구류와 소형 가전제품 종류였다. 그는 손에 잡히는 것, 늘 손 주변에 있어 자신을 위로하는 것을 디자인하기를 좋아했다. 특히 G는 문구류 제품 디자인으로 큰 상을 여러 번 수상한 경력이 있다. 화려하고 비실용적인 디자인보다는 심플하고 실용적인 쪽으로 승부를 건 덕분이었다. 관건은 결국 디자인된 그 물건을 소비자가 다시 찾도록 해야 한다는 데 있었다.

전화기나 사진기, 로봇 청소기, 미니 세탁기 등 기계를 새로 장만하고 난 후 그가 습관적으로 맨 먼저 하는 일은 매뉴얼의 제목부터 끝장의 마지막 문장까지 꼼꼼하게 읽어 내려가는 것이다. 그렇게 하지 않으면 그 기계가 온전히 자신의 소유가 되지 않을 것 같고, 사용하다 고장을 낼 것 같고, 제대로 사용하지 못할 것처럼 걱정됐다. 그는 반드시 매뉴얼을 정독하고 그 매뉴얼의 내용에 맞추어 몇 번 시험을 해본 뒤에야 편하게 기계를 작동할 수 있었다. G는 그렇게 기계도 먼저 낯을 익혀야 그것에 대한 불안이 사라지고 온전히 자신의 물건이 된다고 믿었다. 물론 그의 디자인도 대부분 그런 과정을 거쳐 탄생했다.

'아무래도 오늘 사표를 내는 게 좋겠다!'라는 수첩 속 메모가 회의 내내 그의 집중을 방해했다. 오랫동안 생각해온 일이기는 했다. 업계에서 7년을 보내면서 완벽에 가까운 그의 작업 스타일을 인정받아 프리랜서로 근무하는 데 큰 문제는 없을 것이었다. 이 기회에 재택근무로 업무 형태를 바꾸고 조금 서둘러 자신을 위한 치밀한 공간 만들기에 돌입하는 것도 나쁘지 않은 선택이라는 생각이 회의 내내 G의 머릿속을 떠다녔다.

G는 화분에 꽃이나 나무를 키우지 않았다. 물고기를 키우는 어항을 갖고 있지도 않았다. 분갈이를 하거나 어항 청소를 정기적으로 할 자신이 없어 아예 들여놓지 않은 것이다. 당연히 애완동물도 없었다. 대신 가습기와 제습기, 에어컨과 온풍기를 두고 실내 온습도에 신경을 썼다. 가장 편안한 휴식 공간이 곧 업무에도 최적화된 공간일 것이었다. 어쨌든 모래시계가 천천히 흘러내리는 것처럼 여유롭게 살면 좋겠다고 꿈꿔왔던 차다. 그리고 나니 프리랜서로의 유혹이 자꾸만 더 강해지는 것 같았다.

믿기지 않는 첫 번째 연애 이후 그는 학교에 나가는 것보다 집에서 보내는 시간이 더 편했다. 그러면서 자연스레 컴퓨터 작업을 많이 하게 되어 웹디자인으로 길을 정하고, 수상 경력을 쌓아 남들보다는 조금 더 빨리 취직을 했다. 일을 시작하면서 죽은 여자 친구도 생각나지 않았고 다른 여자를 만나고 싶다는 생각도 들지 않았다. 회사 생활 초반에는 별 문제가 없었는데 어느 정도 조직에 적응하고 나니 사람들과의 관계가 부담스러워지기 시작했다. 점점 사람들 속에서 지내는 것이 불편하게 느껴지고 7년쯤 되자 압박이 심해질 대로 심해져 한계에 부딪혔다는 생각을 거둘 수 없었다.

회사 생활을 하면서 가장 불편한 것 중 하나는 화장실이었다. 그는 대변을 보기 위해 화장실에 갈 때 티슈를 들고 가 변기 위에 도배하듯 꼼꼼히 깐 뒤 앉아서 일을 보곤 했는데, 아무리 급해도 그 행위 전에는 일을 보지 못했다. 가끔 휴지 사이로 묻어나는 물기가 있으면 그 물기가 없어지고도 몇 겹이나 더 티슈를 깔고 나야 안심이 되었다. 변기의 물을 내릴 때도 레버를 맨손으로 만지기 싫어 휴지로 감싸고 내린 뒤, 그 휴지로 화장실 문을 연 다음 마지막으로 사용한 휴지를 휴지통에 버리고 나왔다. 다른 사람이 만진 문고리를 만질 때마다 불결한 느낌을 지울 수가 없었다. 손 소독제를 가까이에 두고 시간이 날 때마다 소독을 하는데도 그런 종류의 불안감은 쉽게 사라지지 않았다.

또 하나 곤혹스러운 것은 술자리였다. 술을 꼭 마셔야 하는 상황이라면 G는 일단 편의점에 가 하얀 비닐봉지를 구했다. 그것을 주머니 깊숙이 넣어두어야 안심이 되었다. 술자리에서 G에게 최악의 적으로 여겨지는 것은 검은 비닐봉지와 고춧가루였다. 술을 마시거나 그렇지 않거나 그는 술자리에서 절대로 고춧가루가 들어간 음식은 먹지 않았다. 혹시라도 그가 견디지 못하고 구토를 하게 되었을 때를 대비하기 위해서였다. 그는 자신의 위를 거슬러 토해져 나온 토사물이 고춧가루 범벅인 것을 상상조차 하기 싫었다. G는 나름대로 방안을 강구해 가능하면 구토의 증거물이 덜 혐오스러울 수 있도록 최선의 노력을 다했다.

회의 내내 끊임없이 말을 이어가는 동료들, 상사들의 눈을 보며 손으로는 낙서를 한다. 머릿속으로는 회의와는 관계없는 상상을 한다. 재택근무를 하더라도 불규칙한 생활은 하지 말자. 틀에 박힌 생활이 주는 안정감이나 평화가 자유를 보장할 것이다. 가능하면 분 단위로 스케줄을 정리해 정해진 시간에 자고 일어나고 먹고 일하는 생활 습관을 유지해야. 간혹 리듬이 깨질 수는 있어도 기본적으로는 일정한 패턴을 가질 수 있도록 자신을 닦달하자. G는 결국 입 한 번 떼지 못하고 낙서 가득한 종이만 몇 장 들고 회의실을 나왔다.

이대로 어머니에게 갈 생각을 하니 사라진 두통이 금방이라도 다시 찾아올 것 같다. 어머니가 원하는 며느릿감의 조건은 없었다. 언제인가는 있었을지도 모르지만 지금은 그저 여자 종족이면 족하다는 식으로 변해버렸다. 하지만 G는 자신의 어머니가 그리 호락호락한 사람이 아니라는 걸 알고 있다. G는 자신의 어머니를 생각하면 늘 두 가지 특징이 먼저 떠올랐다. 하나는 태생적으로 털이 적은 사람이라는 것이다. 무모증은 아니었지만 어머니의 몸에는 거의 털이 없었다. 어머니의 피부는 유난히 반짝반짝 윤이 났는데 자세히 보면 뱀살이었다. 가만히, 한참, 어머니의 피부를 보고 있으면 그 무늬에 어지럼증이 일곤 했다. G는 어머니의 다리 위에 놓인 기하학적 무늬를 보며 도대체 설명되지 않는 것이 여자라는 생각을 하곤 했다.

또 하나, 어머니는 잠이 별로 없었다. 인생의 절반 이상을 전업주부로 지내 남들보다 긴 하루를 가진 편이었을 텐데도 어머니는 늘 오전 열 시 이전에 집안일을 모두 끝내버렸다. 청소와 빨래, 다림질 및 그날의 반찬들은 모두 오전 여섯 시에서 열 시 사이에 완성되었으며, 그 이후의 집은 거의 햇볕과 바람만이 넘나들며 고요를 유지했다. 1957년생, 172센티미터의 장신인 어머니는 그녀의 큰 키와 달리 소심한 성격이어서 바깥 활동을 하기보다는 집안에 머무는 날이 많았다. 어머니는 집에 사람이 오는 것도 좋아하지 않았고 자신이 다른 집을 방문하는 것도 좋아하지 않았다.

털이 적고 잠이 없는 어머니는 청소로 하루를 시작해 청소로 하루를 마무리했다. 어릴 때부터 용도가 다른 네다섯 개의 걸레들이 언제나 베란다의 빨래 건조대 위에 줄을 맞춰 나란히 걸려 있곤 했다. 어머니가 그에게 물려준 것은 적은 털이나 잠보다는 정리벽 쪽이었다. 어릴 때 G는 자신의 성격이나 습관이 어떤지 잘 알지 못했다. 어머니의 영향이 무척 크다는 것을 알게 된 것은 G가 직장생활을 시작하고 독립을 하면서부터였다.

세탁소에 맡기는 셔츠나 바지는 문제가 없었지만 면 티셔츠나 속옷도 다리지 않으면 왠지 찜찜했다. 어머니는 아버지의 속옷을 늘 하얀색으로만 구입해 삶아 빨아 다려서 말린 후 개켰는데, G도 그 습관에 길들여져 같은 과정을 반복해야만 안심이 되었다. G가 가진 속옷은 하얀색 사각 팬티와 어깨 없는 러닝셔츠뿐이다. 잘 빨고 삶고 다려 말린 팬티는 삼등분하여 접은 뒤 돌돌 말아서, 그리고 러닝셔츠는 세로로 반을 접고 다시 세로로 반을 접은 뒤 가로로 두 번 접어 서랍의 정해진 위치에 넣어져야 했다. G는 꾸역꾸역 그 일을 하면서 때때로는 속옷을 다림질하고 있는 자신이 원망스러웠다.

어머니 댁에 도착했을 때, 어머니는 소파에 누워 TV를 시청하는 중이었다. 일반인이 방송에 출연해 짝을 찾는 프로그램이었다. 그 화면에 마음이 그지없이 불편해졌다. "어, 왔니? 밥 먹어야지? 준비할 테니 손 씻고 와라. 아버지는 오늘 모임이 있어 늦으신대. 너랑 나랑 호젓하게 먹으면 되겠어." 손을 씻고 나와 어머니가 식사 준비를 하는 동안 잠시 어머니가 보고 있던 TV 프로그램을 보았다. 한심하기 이를 데 없다고 생각하면서도 G는 어느새 TV에 나오는 남자의 얼굴에 자신의 얼굴을 대입하고 있었다. TV를 껐다.

"편찮으시다면서요. 좀 어떠세요?"

"늙으면 안 아픈 데 없는 법이야. 괜찮은데 네가 먼저 오겠다고 안 할 것 같아서 둘러댄 거야. 그래, 어땠어? 오늘 만난 사람?"

"엄마, 밥 좀 먹고."

"왜? 별로였어?"

"제발, 밥 좀."

보고는 간단했다. 최선을 다해 노력하고 있지만 결혼이 쉽지는 않을 것 같다는 말에 어머니는 끙- 신음을 냈다. 무엇이 문제인지 정말 모르겠다며, 나이 찬 아들에게 더 어떻게 강요하겠냐고, 알아서 하라는 말로 대화는 끝났다. 어머니의 마뜩찮은 표정에 마음이 불편했지만 결혼이 자신의 삶에 큰 가치를 둘 만한 과정인지 이해할 수 없었다. 오히려 그것 때문에 극도의 피곤을 느껴야 하는 요즘 상황에서는 어서 미련을 떨치는 게 옳은 것만 같았다. 저녁 8시 10분, 무거운 발걸음으로 어머니 댁을 나섰다.

어쨌든 생각보다 오늘의 일정이 빨리 끝나가고 있었다. 집으로 돌아가는 길, 휴대폰에 문자 메시지가 도착했다는 진동이 울린다. 모르는 번호였다. 확인해보니 벌써 몇 번이나 지웠던 '화끈한 섹파, 강남 템프로 클럽, 오늘 한정 60% 최저가 할인'이란 내용이었다. G는 갑자기 이런 데서 오는 여자는 어떤 사람일지 궁금했다. 한 번도 이런 경로로 여자를 만나본 적이 없었다. 돌발적으로 통화버튼을 눌렀다. 원하는 스타일 질문에 에둘러 답하고 통화를 마쳤다. 별 기대 없이 충동적으로 한 행동이었지만, 열 시에 누군가 내 집의 초인종을 누를 것이라고 생각하니 갑자기 이상하게 마음이 급해졌다.

G에게도 이상형이라는 것이 있기는 했다. 그는 피부가 하얗든 검든 건조한 여자를 원했다. 가장 견딜 수 없는 여성은 동네를 산책하다 흔히 만나게 되는 개기름이 번질번질 흐르는 아주머니들이었다. 그는 번들번들한 여자의 얼굴을 보면 속이 뒤집어질 것만 같았다. 그래서 우선적인 조건으로 기름기 없는 건성 피부를 꼽았다. 둘째는 이목구비가 큰 여자보다는 작은 여자가 좋았다. 이목구비가 큰 여자를 보면 왠지 서구형 미인이라기보다 같은 남자를 대하는 기분밖에는 들지 않았다. 셋째는 손톱을 기르지 않아야 했다. 아무리 관리를 잘해도 긴 손톱 밑은 더러울 것이라는 고정관념을 버릴 수 없었다. 넷째는 어머니 탓인지 몰라도, 털이 많은 여자도 영 껄끄러웠다. 다리 털, 팔 털, 손가락 털, 겨드랑이 털, 콧수염이 거뭇거뭇하게 보이는 여자를 보면 어딘가 짐승스럽다는 느낌을 지울 수 없었다. 하지만 자신의 조건에 맞는 여자를 만나기가 너무 힘들었다. 그럼에도 굴하면 안 될 것 같았다. 그래서 그런 걱정은 무시하고 자신은 외형적인 조건에 관대한 편이라고 억지로 생각의 방향을 틀었다.

특별히 여자를 사귀는 데 적극적인 것은 아니었지만 그렇다고 여자들을 억지로 피한 것도 아니었다. G는 유난히 습도에 민감했다. 축축하고 더운 아열대 기후를 견디느니 사막에 가서 햇볕에 건조되는 것이 낫다는 쪽이었다. 겨울에 집은 아주 바삭하게 마른다. 입을 벌리고 자면 혀가 굳어 내 혀인지 네 혀인지 알 수 없도록 감각이 사라지는 건조함, 콧구멍의 형상을 유지하고 통째로 건조되는 코딱지, **뻑뻑해서**

잘 열리지 않는 눈꺼풀. 그런데 여자는 축축했다. G는 애무를 좋아하지 않았다. 그중에서도 타액을 교류해야 하는 키스가 가장 싫었다. 그 축축한 습기를 주고받는 것을 당최 견딜 수 없었다. 여자의 몸에 타액을 바르고 애액을 유도하고 자신의 얼굴에 손에 그것들을 묻히는 것도 싫었다. 마찬가지로 누군가가 그의 몸에 그 비슷한 것들을 묻히는 것도 싫었다. 그가 좋아하는 관계 방식은 거리를 두고 시각적인 자극을 통해 발기하고 단도직입적으로 삽입하고, 사정하는 것이었다. 그런데 대체로 여자들은 이 방식을 좋아하지 않았다. 이기적이라고 했다. 취향이 꼭 맞는 사람을 만나지 못했다. G 스스로도 여자들 역시 자신을 혐오할 것이라고, 그럴 만한 남자임을 받아들였다.

딩동—

여자가 도착했다. 집에 돌아와 씻고 맥주 한 캔을 막 따려는 순간이었다. 그리 크지 않은 키에 전체적으로 길고 가는 느낌을 주는 여자였다. 민낯에 장식 없는 수수한 면 원피스를 입고 있었다. 볼륨감 같은 것은 찾아볼 수 없는 마른 몸이었다. 대신 피부는 정갈했다. 하얀 편이었고 건성이었다. 맥주? 눈빛으로 묻자 고개만 끄덕인다. 맥주를 건네는 짧은 순간, 검고 긴 단발의 찰랑거리는 머릿결 사이로 샴푸 향기가 맡아졌다. G는 의외로 빨리 야릇한 흥분을 느꼈다.

소파에 앉아 건배를 하고 맥주를 홀짝거리고 있자니 여자가 "얼음 없어요?" 하고 물어왔다. 얼음을 얼려두었는지 잘 생각나지 않았다.

찾아보니 언제 얼린 것인지는 모르겠지만 냉동실의 얼음 틀에 얼음이 가득 차 있었다. 큰 컵에 얼음을 하나 가득 채워 갖다주니 여자는 얼음을 맥주 안주로 오도독 오도독 깨물어 먹는다. '얘, 꽤나 귀엽네.' 생각하며 거실 조명의 조도를 낮추었다. 얼음으로 볼록해진 여자의 볼을 살짝 꼬집어본다. 왠지 싱거운 웃음이 나왔다.

여자의 가슴을 만져보았다. 풍만하지는 않았지만 그렇다고 심한 절벽도 아니었다. G는 자신의 손에 남지도 모자라지도 않게 딱 맞는 질량감이 좋았다. 여자를 뒤에서 안고 머리카락에 코를 대보았다. 평범하고 은은한 샴푸향이 다시 맡아졌다. 여자가 돌아보았다. 쌍꺼풀도 없고 속눈썹도 짧은 그런 눈이었다. 눈이 크지 않아서인지 검은 동공이 유독 크게 보였다. G의 눈빛이 느끼하기라도 했던가, 여자는 얼음을 하나 집어 G의 입에 넣었다. 아무 맛도 없는 얼음이 녹는 동안 G는 여자의 가는 팔을 쓰다듬었다. 팔꿈치에 다다른 손이 둥글게 그곳을 맴돌았다.

G가 가장 좋아하는 여자의 신체 부위는 팔꿈치와 젖꼭지였다. 거친 것 같으면서도 부드러운 촉감에 중독성이 있었다. 한참을 팔꿈치만 매만지다 앞 단추를 풀고 젖꼭지를 만져보았다. 여자는 브라를 하고 있지 않았다. G의 손이 닿자 여자의 젖꼭지는 처음엔 딱딱했다가 점점 부드러워졌다. 그것은 작은 팥알만 했다. "젖꼭지가 되게 쬐그맣네."라고 말하자 여자는 입속의 얼음을 씹어 아그작아그작 소리를 내며 웃는다. 작고 가지런한 이가 나왔다 사라진다. 여자는 섣불리 G에게 기대오지 않는다. 대신 맥주 캔을 들어 다시 한번 건배를 청한다.

"근데 직장인이 민낯으로 근무해도 돼요? 뭔 자신감이에요?"

"요즘 아저씨들은 화장 덕지덕지 진하게 한 여자들 싫어해요."

"그런가?"

"화려하게 치장해 직업 인증할 필요 없잖아요."

"난, 사실 이런 만남은 처음이에요."

"어련히요. 하나같이 다들 그래요."

"진짜거든요. 못 믿어도 어쩔 수 없지만."

"저야 뭐, 상관없어요. 씻을까요?"

"씻은 지 얼마 되지 않은 것 같은데 뭘 또 씻어요? 영업하기 좀 이른 시간 아닌가요?"

약간 차갑고 건조하고 가느다란 여자의 몸을 조금 더 더듬다 앉은 자세에서 바로 팬티를 벗겼다. 여자는 긴 전희 과정 없이도, G의 손길에서 이미 그런 낌새를 느꼈는지, 크게 당황하거나 저항하지 않고 G를 받아들였다. 하나 남은 옷인 원피스를 마저 벗기자 여자는 맨몸이 되었다. 미성숙해 보이는 몸이 능숙하게 움직여 G를 이끌었다. 오래 관계를 안 해서인지 여자가 마음에 들어서인지 빨리 사정할 것 같아 왠지 불안했다. G는 여자를 눕혀 체위를 바꾸며 컵에 남은 얼음을 집어 여자의 젖꼭지를 문질렀다. 차갑다고 말하면서도 싫지는 않았는지 여자는 웃음소리를 냈다. 차가워진 여자의 몸에 G가 몸을 밀착시킨다. 서늘한 기운에 몸이 다시 꼿꼿해진다.

물기가 사라지자 여자의 몸은 더욱 차고 건조해졌다. 좀 더 여자를 탐해볼까 잠깐 고민하다 G는 여자의 다리를 높이 들어 올린 후 깊숙하게 삽입하고는 격하게 몸을 움직여 단번에 사정해버렸다. 10분 남짓 걸린 행위 끝에 여자는 빨리 끝내주어 고맙다는 표정을 지었다. 너무 일찍 끝난 것이 안쓰러웠는지 이번에는 여자가 G의 몸을 쓰다듬어주었다. 여자의 손이 허리와 엉덩이 그리고 팔과 허벅지를 오갔다. 가쁘게 몰아쉬던 숨이 겨우 진정되려는 때, 여자가 갑자기 작아진 얼음 하나를 입에서 꺼내 G의 항문에 집어넣었다. 당황한 G는 이 느낌을 어떻게 받아들여야 할지 알 수 없었다. 화를 내야 하는 건지 웃어야 하는 건지, 좋은 건지 싫은 건지, 생각지도 못한 급습에 정신을 차릴 수가 없었다.

G가 말을 잃고 그야말로 얼음이 되어 있는 동안 여자는 옷을 챙겨 입고 나갈 채비를 했다. 이 상황에 어떻게 응수해야 하는지 도통 감을 못 잡고 있을 때 여자의 발랄한 목소리가 들려왔다.

"갈게요, 아저씨."

"벌써요?"

"그럼 여기 계속 있을까요? 내 몸값이 좀 비싼데, 감당할 수 있겠어요?"

"전화번호 같은 것 물으면, 설마, 알려주나요?"

"뭐야? 진짜 왜 이렇게 순진한 척해요? 번호 갖고 있잖아요. 그쪽으로 전화하세요. 내 번호는 4129예요. 4129로 콜하면 돼요. OK? 또 봐요, 그럼."

여자는 4129라는 숫자만 남기고 딱 60분 만에 허망하게 떠나버렸다. G는 태어나 처음 항문의 쾌감을 느꼈다. 뭐라고 단정적으로 표현하기는 어려웠지만 결과적으로 나쁘지는 않았다. 여자는 어떻게 자신의 숨은 성감을 찾아낸 것일까? 궁금했다. 그렇게 이름 모를 여자와의 시간이 지나갔다. 그러고 보니 여자의 얼굴이 죽은 첫사랑 그녀와 좀 닮은 것도 같았다.

G가 가장 무서워하는 것 중 하나는 구멍이었다. 더러운 것도 무질서한 것도 무서웠지만 그보다 더 무서운 것은 작은 구멍들이었다. 물이 빨려 들어가는 욕조의 구멍, 거리의 맨홀에 난 작은 구멍, 도넛, 모공이 큰 여자의 얼굴 같은 것들에 그는 질겁했다. 그런 구멍을 보고 있으면 곧 그 속으로 빨려 들어가 다시는 거기에서 나올 수 없을 것 같은 착각에 빠졌다. 그래서 가능하면 그런 작은 구멍들을 피하려 노력하며 살아왔다.

그런데 며칠째 집에 다녀간 여자의 검은 눈동자가 G를 붙들고 놓아주지 않았다. 생각하면 무서운데 어쩔 수 없이 자꾸 생각하게 되는 그런 눈동자였다. 결국 4129를 호출해야만 할까? 하다가는, 곧 노망이라고 자책하며 잊어보려고 애썼다. 휴가를 내고 하루 내내 집안을 닦고 또 닦으며 몸을 움직여 정신을 가다듬으려고도 해보고, 책장들과 책상을 새로 배치하기도 하고, 이미 빨아 넣어둔 이불을 다시 꺼내 빨아 널기도 했다.

욕실 청소를 끝낸 후 락스 냄새가 가시지 않은 집에 가만히 앉아 있으면, 또 금세 그 눈이 떠올랐다. 여기저기 재 날리는 게 싫어 피우지 않는 담배 생각까지 났다. 커플 매니저에게 전화를 걸어 다시 스케줄 조정을 해보자고 빈말을 건넸지만, 그걸로 그 검은 눈동자의 그늘이 사라지지는 않았다. 그렇게 오랫동안 재고 따지며 미뤄온 여자와의 만남이 콜걸과의 한순간으로 무너졌다는 것을 마흔한 살의 G는 왠지 용납하기 싫었다.

오늘은 꼭 회사에 사표를 내고 앞으로의 진로를 도모하겠다고 다짐했다. 차라리 독신으로 우아하게 늙어갈 것을 제대로 계획해보자고 멋쩍게 파이팅을 외쳐보기도 한다. 결혼이나 가정보다 일을 통해 성취감을 얻는 편을 택하겠다고, 부모님께 좀 더 당당하게 말씀드릴 마음의 준비도 하기로 한다. 무엇보다 지우지 않고 남겨둔 그 문자 메시지와 통화 기록을 오늘은 꼭 지우고, 다시는 어떤 식으로도 상기하지 않기로 결심한다.

가스레인지의 중간 밸브를 다섯 번 건드릴 것, 톡, 톡, 톡, 톡, 톡. 화장실의 수도꼭지를 아홉 번 만질 것, 톡, 톡, 톡, 톡, 톡, 톡, 톡, 톡, 톡. 안방의 스위치를 네 번 칠 것, 톡, 톡, 톡, 톡. 베란다 문의 잠금장치를 두 번, 톡, 톡. 전화기를 여덟 번, 톡, 톡, 톡, 톡, 톡, 톡, 톡, 톡. 현관 문고리를 하나, 둘, 셋, 넷, 다섯, 여섯, 톡. 마지막으로 현관 신발장에 붙어 있는 거울을 검지 끝으로 세 번, 중지 끝으로 네 번, 톡. G가 외출 의식을 치르기 위해 다시 숫자를 센다. 세고 있다는 사실을 잊고 싶을 때도 하나, 둘, 셋. 자신의 헛헛한 마음을 달래며, 잊으려고 발버

둥 치는 동안 새로운 구령이 입에 붙었다. **넷-하나-둘-아홉, 넷-하나-둘-아홉, 넷-하나-둘-아홉, 넷-하나-둘-아홉**……. ⚡

자주 엘 구피

1.

　그녀는 오늘도 거울 앞에 앉아 있다. 완벽한 자태를 유지하기 위해 고심하며 치장을 한다. 땀구멍 하나하나를 메우는 그녀의 화장법은 너무 진지해서 안쓰러울 정도다. 한 시간이 넘게 화장에 집중하던 그녀가 깜빡 잊었다는 듯 서둘러 말아둔 세팅 롤을 정돈한다. 세팅 롤을 너무 오래 두어 헤어 컬이 촌스럽게 위로 올라붙었다면, 그녀는 망설임 없이 머리를 다시 감을 것이다. 그런 후에 마음에 드는 헤어스타일을 만들기 위해 늘 하던 과정을 처음부터 반복할 것이다. 나는 그녀가 오랜 시간을 들여 화장을 마치고도 결국 원하는 느낌의 메이크업이 완성되지 않으면 클렌징을 하고 새로 기초화장부터 다시 시작하는 것을 여러 차례 목격했다. 아마도 이제 50살이 넘은 그녀로서는 그만한 공을 들여야 나이를 감출 수 있다고 생각하는 것 같다.

　179센티의 큰 키 때문에 그녀는 어디서나 눈에 잘 띈다. 그런 그녀가 좋아하는 색은 자주색이다. 그녀는 색의 기준을 자주색으로 정해 놓고 자주색보다 더 흐린 색, 자주색보다 좀 더 짙은 색, 자주색과 어울리는 색, 어울리지 않는 색과 같은 방식으로 색을 선택했다. 때로는 옅은 브라운이 때로는 진한 핏빛의 붉은색이 그녀의 몸을 감싸지만 그것은 그녀의 중심 색으로부터 그리 멀지 않은 어떤 빛깔이다. 무엇보다 그녀는 언제나 머리끝부터 발끝까지 완전히 통일된 스타일을 추구한다. 오늘 그녀가 선택한 의상은 아이보리색 원피스다. 그 위에 와인색의 짧은 볼레로(bolero)를 걸치니 그 와인색이 더욱 돋보인다. 신발은 원피스와 색깔을 맞춘 아이보리색 토 오픈 힐인데, 발가락 위치에 자주색 코사지가 사뿐히 올라가 있다. 메이크업은 전반적으로는 누드톤이지만 립스틱만은 붉은빛으로 강조해 밋밋하지 않도록 신경을 썼다. 이런 식이다. 나는 그녀의 완벽주의에 감탄하면서도 한편으로는 그것을 보는 불편함을 견딜 수가 없다.

그녀의 직업은 가수다. 하지만 나는 그녀가 무대에서 기타를 치며 다른 이들을 위해 노래 부르는 모습을 본 적이 없다. 일찍이 그녀가 내게 금기한 것 중 하나가 그녀가 일하는 곳에 접근하는 것이었다. 그녀는 자신이 일하는 곳은 나 같은 어린애가 갈 만한 곳이 못 된다고, 몇 번이나 엄하게 말했다. 나는 올해 열여섯 살이다. 그런데도 그녀는 여전히 나를 어린아이 취급한다. 하지만 그녀가 일하는 곳이 성인들만 찾는 음침한 밤업소라는 것은 예전부터 짐작했던 일이고, 그런 곳에서 노래를 부르며 누군가의 시시껄렁한 농담을 받아주는 모습을 내게 보여주고 싶지 않은 그녀의 마음도 알 것 같아 군말을 하지 않았다.

그녀가 일하는 곳은 집에서 버스로 여섯 정거장 떨어진 곳에 있다. 그곳은 일반 바(bar)들과 게이바가 밀집된 지역인데, 그녀가 일하는 바의 이름은 〈블랙(black)〉이다. 옆 바의 이름은 〈37.2°〉다. 그 옆집의 이름은 더 가관이다. 〈더 버진(virgin)〉이라니, 어쩌면 하나같이 유치하기 그지없다. 〈블랙〉에서 그녀가 노래 부르는 시간은 한 시간에서 두 시간 사이다. 그 외에는 그 안에서 정확히 무슨 일이 일어나는지 모른다. 나의 상상 속 〈블랙〉은 암전 속에서 오직 그녀만이 빛나는 조명을 받으며 느리게 그리고 아름답게 노래를 부르는 곳이다. 그녀만이 색을 지니고 있는 곳, 그래서 그녀는 그곳을 택한 것이 아닐까.

오후 내내 치장한 몸으로 집을 나서는 그녀를 나는 담담히 배웅했다. 잘 다녀오라는 짧은 인사로 헤어짐에 대한 아쉬움을 거두고. 그녀가 외출하고 난 뒤에 집에 남는 것은 고양이와 나뿐이다. 고양이의 이름은 엘이다. 엘은 오늘, 아침부터 토를 하고 기진맥진해 있다. 헤어볼을 토해놓고는 아무것도 먹지 않아서일 것이다. 엘은 여리고 힘들게 숨을 쉬며 꼼짝하지 않는다. 그녀는 외출할 때면 엘이 걱정되어 나에게 몇 번씩이나 잘 돌보라고 당부했다. 그럴 때 나는 충동적으로 요괴의 동물을 저주한다. 너는 다음 생에 내 피부를 아홉 번 벗겨내며 고문하겠지. 나는 다음 생에 고양이로 태어나 너에게 복수를 당할 거야. 자, 그러니 괜찮아, 너도 나를 저주해.

그녀는 엘의 유연함이 사랑스럽다고 한다. 의도하고 그러는 것은 아니겠지만, 그녀는 늘 고양이처럼 걸었다. 과장된 X자형 걸음걸이였다. 모델이라도 되는 것처럼. 아주 천천히 지그재그로. 엘과 그녀는 유사한 걸음걸이로 소리 없이 집을 유영했다. 허리가 긴 두 마리의 고양이들. 나는 그녀가 엘을 안고 예뻐 죽겠다는 표정을 지을 때마다 점점 엘이 미워졌다. 그래서 그녀가 제발 주지 말라고 부탁한 음식도 그녀가 없을 때는 무심하게 먹었고, 엘이 목욕하는 것을 싫어한다는 걸 알면서도 일부러 물에 집어넣곤 했다. 엘도 나의 그런 질투를 눈치채고는 그녀의 주변을 맴돌다가도 내가 다가가면 잽싸게 어딘가로 숨어버렸다. 그런데도 어쩐지 가끔 엘의 눈을 들여다보고 있으면 무언가 분명히는 알 수는 없지만, 한없이 간절한 마음이 되곤 한다. 하지만 나는 성급히 그 마음을 거둔다. 이제 몇 년 더 살면 엘은 곧 죽겠지. 나는 벌써부터 엘이 죽어도 울지 않을 것을 결심한다.

2.

나는 금지된 감정을 공유하는 사람들의 표정을 잘 안다. 그들은 모두 자신들이 감쪽같이 비밀을 숨기고 있다고 생각한다. 하지만 그 비밀을 가지고 있다는 자부심이나 수치심만큼 드러나기 쉬운 것이 또 있을까. 사랑에 빠진 연인이든 같은 범죄를 지은 공범자든 그들은 자신들이 공유하는 그 감정을 누구도 모를 것이라 착각한다. 그러나 세상에 온전히 숨길 수 있는 것은 아무것도 없다.

오늘 밤 그녀는 좀 우울해 보인다. 감정을 잘 드러내지 않는 그녀가 우울하다면 이유는 하나뿐이다. 아마도 또 누군가가 그녀의 치마를 들추어 그녀가 구미호인지 아닌지를 확인하려 했겠지. 하지만 나는 애써 무시하고 모른 척한다. 그녀도 내가 그렇게 해주길 바란다. 바랄 것이라고 나는 믿는다. 없는 애교를 짜내 그녀에게 겨우 한마디 건넨다. "오늘 머릿결 엄청 좋아 보이네." 그녀는 희미하게 입술을 움직이는 듯 마는 듯, 나를 외면하고 손톱 손질에 집중한다. 이럴 때 나는 음악의 도움이 있어야 한다고 믿는다. 그녀는 어느 때고 음악 듣는 것만은 좋아했다. 특히 우울한 날에는 더욱더.

그녀는 그렇고 그런 밤무대 가수일 뿐이지만 자부심은 나름대로 컸다. 나는 어떤 식으로든 그 자존심을 건드리고 싶지 않았다. 그녀는 재즈 가수들이 내는 저음의 목소리를 가졌다. 좋게 말하면 흑인의 허스키 보이스와 비슷하고 나쁘게 말하면 기도원에서 한 달간 목쉬게 기도를 하다 나온 권사님의 목소리와 비슷하다. 하지만 노래를 할 때 그녀의 음성은 꽤 매력적으로 들린다. 그녀는 가창력보다는 선곡 능력이 뛰어난 편이다. 자신의 목소리에 어울리는 노래를 선택함으로써 탁한 음성의 텁텁함을 승화시킬 줄 안다.

집에서 그녀가 흥얼거리는 노래를 들으며 나는 그녀의 선곡 리스트를 뽑아 본다. 그녀가 〈블랙〉에서 즐겨 부르는 노래는 레이 찰스나 냇 킹 콜 아니면 빌리 홀리데이나 엘라 피츠제럴드가 아닐까. 아마도 그런 풍일 것이다. 모르겠지만 왠지 지하철 같은 데서 파는 100대 명반 모음 속에 들어 있는 어떤 노래를 부르고 있을 것 같다. 그녀가 무슨 기막힌 사연이 있는 얼굴로 그런 노래를 부르고 있을 것을 생각하면 나는 좀 슬펐다가 좀 웃겼다가 감정을 종잡을 수 없게 되곤 했다.

우리 집 CD장 사이에는 아직도 수십여 개의 테이프가 간직되어 있다. 그녀가 거기에 녹음해놓은 내 어릴 적의 목소리는 이젠 내 것이 아닌 남의 것처럼 들린다. 그런데도 자꾸 그 오래된 테이프를 만지작거리게 된다. 그녀가 먼저 '아빠하고 나하고 만든 꽃밭에~' 하고 한 소절을 부르면 아직 어린 나는 혀가 잘 돌아가지 않는 발음으로 노래를 따라 부른다. 그래 우리는 함께 노래를 많이 불렀지. 나는 그녀가 내 유년을 노래로 채워준 것에 오래도록 감사할 것이다. 노래가 아니었다면 우리는 무엇으로 위안을 받을 수 있었을까. 그녀의 우울을 치유하기 위해 우주 저편을 생각하며 〈Across the Universe〉를 골라 튼다. 그것으로 그녀의 표정을 환하게 바꿀 수 있을까.

그녀가 가장 기뻐했던 순간은 내 열네 살의 4월, 초경을 맞았을 때였다. 그날 그녀가 뿌듯해하던 그 모습을 나는 평생 잊지 못할 것이다. 하얗게 함박웃음을 지으며 나를 안아주던 그녀의 표정은 전에도 앞으로도 못 볼 것 같은 그런 모습이었다. 마치 그날을 위해 존재했던 것처럼 그녀는 반짝거렸다. 그녀는 그날 나를 질투하는 것 같은 약간의 흥분을 담고 파티를 열어야겠다고 했다. 나는 초경을 맞은 것이 그렇게 좋은 일인지 알 수 없었지만 그녀를 기쁘게 만들었다는 것 때문에 왠지 내가 약간은 자랑스럽게 느껴졌다. 그때의 그런 표정을 어떻게 다시 저 얼굴에 띄울 수 있을까. 가능하기만 하다면 한 번 더 초경을 맞아 그녀의 저 우울한 얼굴을 가리고 싶다.

3.

그녀는 명품 옷도 신발도 가방도 화장품도 많다. 직업이 가수이기 때문일 것이다. 하지만 그녀는 그릇이나 이불을 사는 것도 좋아하고 음식을 하는 것도, 청소를 하는 것도 좋아한다. 남들이 이야기하는 천생 여자다. 그녀가 특히 즐겨 하는 집안일 중 하나는 스테인리스 그릇을 반질반질하게 닦는 것이다. 그녀는 눈을 감고 느낌으로만 그릇들을 보듬으며 철로 된 수세미를 요리조리 돌려가며 매끈매끈하게 닦는다. 그러고는 그 속에 담긴 자신을 바라본다. 흐뭇하게. 오늘도 그녀는 작은 스테인리스 주전자를 들고 물이 끓으면서 타 생긴 얼룩들을 마치 누군가를 애무하듯 조심스럽게 더듬으며 한참이나 닦았다. 주전자의 물이 나오는 작은 주둥이를 여러 차례 닦더니, 마지막으로 위 뚜껑을 닦아 탁 하고 덮는다. 그리고 다시 한번 뚜껑에 비친 자신을 들여다본다.

집안일을 할 때, 그녀는 말이 별로 없었다. 말이 없는 그녀를 위해 나라도 좀 떠들어야 한다는 것을 알지만 나 역시 겨우 요구만을 간단히 전달할 뿐 재잘거림을 낭비하는 아이는 못 된다. 비빔국수 먹고 싶어, 화장실에 휴지가 없던데? 선반에도 없어, 시간 나면 마트 한 번 갔다 와. 오늘까지 담임이 수학여행 경비를 내라는데, 난 가기 싫어. 아프다고 전화해주면 안 돼? 다음 주 수요일까지 옥상 펌프 공사인지 뭔지 해서 따뜻한 물이 안 나온대. 비염이 또 도져서 이비인후과에 가봐야 할 것 같아. 지난번에 콩나물 무칠 때 다른 야채 같이 넣고 한 거 별로였어. 이제 콩나물은 콩나물만 넣고 무쳐줘. 내 요구란 뭐 이런 단순한 것들이다. 그런데 그런 내 말에 대한 그녀의 반응 또한 응 그래, 그러자, 안 돼 하는 식으로 매우 간단했다. 우리 사이에 음악이 없었다면 이 고요를 어떻게 버틸 수 있었을까.

그녀가 집 안을 말끔히 치워놓고 외출한 저녁은 고요하다 못해 적막하게 느껴진다. 떠다니는 먼지를 바라보며 가만히 거실 한가운데 누워 생각을 해본다. 이 고요가 내 편인가, 내 편이 아닌가, 아무래도 고요는 내 편이 아닌 것 같다. 나는 고요를 짓누르기 위해 찬송가를 틀어본다. 이 경건함이 나를 어딘가로 이끌어주기를, 적어도 이곳에서 나를 건져내 숨 쉴 수 있게 해주기를. 이 저녁, 엘마저도 아무 소리가 없고 내가 믿지 않는 신을 찬송하는 노래만이 거실을 왕왕 울려댄다.

엘을 키운 지 3년이 넘어간다. 처음 엘이 집에 왔을 때, 엘은 너무 어려 손 대기 겁날 정도로 작았다. 그녀와 나는 밤 산책길에 엘을 주워왔다. 울고 있는 새끼 고양이를 발견한 후 멀찍이 떨어져 한참을 지켜보았다. 아무리 기다려도 어미 고양이가 나타나지 않았다. 그러다 아기 고양이 울음이 잦아들자 덜컥 겁이 난 우리는 아무 계획도 없이 엘을 집으로 데려오고 말았다. 엘에게 작은 주사기를 이용해 따뜻한 우유를 아주 조금씩 먹여 겨우 살려내었다.

그녀는 엘이 내게 동생과 같은 존재가 되어줄 것이라며 기대를 품고 정성을 다해 길렀다. 그런데 그런 은공을 모르고 엘은 요즘 이 집의 왕처럼 군림하고 있다. 집은 그야말로 엘의 왕국이다. 엘은 집 밖에 나가본 적이 거의 없다. 어느 날 집 밖에 데리고 나갔다가 햇빛을 피한다고 그녀의 품으로 파고들어 그녀의 가슴과 배를 전부 할퀴어놓았던 적이 있다. 그 뒤로 엘은 집 밖에 나간 적이 없고, 별로 나가고 싶어 하는 것 같지도 않았다. 다른 고양이를 만난 적도, 만날 일도 없었다. 엘의 번식을 감당할 자신이 없다며 그녀는 일찌감치 중성화 수술을 시켰다.

엘에게 가족은 우리 둘뿐이다. 그런 엘이 가장 좋아하는 곳은 그녀의 침대고, 자기가 좋아하는 물건들도 침대 밑이나 구석에 끌어다 모아두는 습성이 있었다. 대청소한다고 침대 밑을 정리할 때면 엘이 수집한 오만 잡동사니가 딸려 나오곤 했다. 고양이 목에 방울을 달아도, 고양이는 방울 소리를 내지 않고 걷는 법을 익힌다고 한다. 엘에게 방울을 달아보겠다는 생각을 한 적은 없지만 집 안의 고요를 어떻게든 깨보고 싶다는 생각이 들 때면 나는 엘이 갑자기 요란한 방울을 흔들며 이 집을 종횡무진하는 상상을 해본다. 그렇지만 엘과 방울이라니. 금세 피식 웃고 만다.

4.

나의 밤은 늘 그녀를 기다리는 시간으로 채워진다. 그녀는 언제 돌아오는 것일까. 어릴 때부터 늘 해오던 생각이다. 그녀의 퇴근 시간은 정확히 정해져 있지 않았다. 저녁 여섯 시가 되면 출근하는 것은 늘 똑같은데 집에 들어오는 시간은 밤 열한 시였다가 새벽 한 시였다가 새벽 네 시였다가 아침 일곱 시였다가 하는 식으로 들쑥날쑥했다. 나는 또래 친구들처럼 그녀가 없는 시간이 즐겁지 않았다. 아이들은 마귀같은 엄마를 조금이라도 더 벗어나는 데서 행복을 찾았지만 나는 그럴 수 없었다. 그녀는 다른 아이들이 엄마를 비유하듯 마귀 같지도 않았고 그녀가 없는 것이 나를 행복하게 만들지도 않았다. 내가 태어나자마자 오로지 그녀와만 살아왔기 때문일지도 모른다. 나에게는 할머니, 할아버지, 형제가 없었으며, 아빠도 없었다. 엘과 같이 나에게 가족은 유일하게 그녀뿐이었다. 나는 그녀를 인정하지 않을 수 없다. 그래서 슬프다. 그녀는 나를 낳던 날 죽은 내 엄마를 대신해 나의 엄마가 된 사람이니까. 우연이든 필연이든 우리는 그런 사이니까.

그녀를 기다리며 베란다 밑을 바라본다. 베란다 건너편에는 하천이 흐르고 있다. 교교한 달빛 아래 물이 일렁거린다. 가끔 그 천변 길을 오토바이나 자동차가 미친 듯이 질주할 때가 있다. 목적이 없이 오로지 슬픔을 이기려는 몸부림인 것처럼 보이는 질주. 나는 내 몸에서 눈물이든 콧물이든 땀이든 피든 간에 모든 수분이 증발해 내 몸이 헛껍질만 남았으면 하고 바라는 때가 있다. 그런 몸이라면 아무런 고통 없이 연기(演技)할 수 있을 것 같다. 감정 따위는 그야말로 흘러가는 물에 모두 띄워 던져버리고. 그러나 나는 그럴 수 없는 인간이어서 오늘도 피에로처럼 우습게 표정을 꾸밀 것이다. 불안 따위는 없는 평온한 얼굴을 하고 그녀를 맞을 것이다. 나를 견디는 그녀처럼, 나도 그녀를 견뎌야 한다는 것을 안다. 그러나 때로는 나도 질주하고 싶다. 내 모든 것이 사라지도록 빛의 속도로 질주하고 싶다.

그녀가 여기저기 낯선 바를 전전하며 생계비를 벌고 있는 것은 아니다. 내가 알기로 그녀는 〈블랙〉 창업 당시 가게에 어느 정도 투자를 했고, 바의 운영 상황은 나쁘지 않다고 했다. 돈을 벌기 위해 노래를 하는 것이 아니니 노래를 해서 버는 돈이 그리 많지도 않을 것이다. 우리 집의 주 수입원은 그녀가 노래해서 얻는 벌이가 아니라 상속받은 건물에서 나오는 월세다. 그러니까 건물주로서의 임대업이 그녀의 주력 사업이라고 할 수 있다. 그녀의 아버지는 알짜배기 부자였고, 그 아버지에게 자식은 그녀밖에 없었다. 게다가 그녀의 아버지는 그녀가 결혼하기도 훨씬 더 전에 그녀에게 꽤 많은 재산을 상속하고 일찍 죽었다. 그녀의 엄마 또한 그녀의 아버지와 별 차이 없이 일찍 죽었다. 당연히 그 모든 일은 내가 태어나기 이전에 있던 일이다. 그러니까 나는 할머니나 할아버지에 해당하는 직계 가족을 만난 적이 단 한 번도 없었다.

결국 돈이 부족해 여기저기를 돌아다녀야 하는 것도 아닌데 그녀는 늘 어딘가를 방황하고 다녔다. 그녀는 내가 학교에 다녀오고 난 후 항상 일정한 시간에 외출을 했다. 그리고 집에 들어오는 시간은 불규칙했다. 어쨌든 그게 팩트다. 그런 출퇴근 시간을 방황이라고 부르지 않고 또 무엇이라 부를 수 있는지 나는 모르겠다. 청소년인 나도 방황을 하지 않는데 그녀의 내부에 어떤 광풍이 불기에 그렇게 견디기 힘들어 온밤 알 수 없는 곳을 헤매는 것일까. 그녀는 노래를 하는 순간에만 아무런 잡념도 끼어들지 않는다고 했다. 그때 나는 그녀가 발음하는 잡념을 순간적으로 잡년이라고 들었다. 그 말을 할 때 그녀는 왠지 몹시 허허로워 보였다.

5.

나는 친구들과 어울려 집 밖으로 도는 일은 잘 하지 않는다. 집에 혼자 있는 시간이 좋은 것은 아니었지만 그렇다고 집 밖에 있는 시간이 더 좋은 것도 아니었다. 굳이 선택을 하라면 나는 집에 있는 것이 더 편한 쪽이었다. 집에서 엘을 괴롭히거나 노래를 듣거나 멍하니 라디오를 들었다. 남는 시간에 내가 공부를 하는 것은 다른 취미가 없기 때문이다. 나는 아이들처럼 인터넷이나 스마트폰을 즐겨 보는 취미가 없었고 아이돌이나 배우 같은 연예인에게 동경을 느끼거나 빠져들지도 않았다. 별달리 할 일이 없어서, 책을 보고 공부하는 일을 취미로 삼았다. 우리 집에 책이라고는 내 교과서와 참고서, 문제집을 제외하고는 노래책과 두 권의 옛날 앨범밖에는 없었다. 그녀는 책을 많이 읽지 않았다. 그렇다고 그녀가 무식하다는 말은 아니다. 겪어보니 그녀는 보는 것보다는 듣는 것에 더 익숙한 유형의 사람이었다.

특별한 취미가 없는 나와 달리 그녀는 취미가 다양했다. 엘과 놀아주지 않을 때 그녀는 늘 손뜨개를 했다. 그녀가 뜨는 것은 작은 모티프였다. 장장 몇 달에 걸쳐 뜬 수백 개의 모티프를 연결해 커튼을 완성한 적도 있었다. 솔직히 그녀가 왜 그렇게 손뜨개를 열심히 하는지 모르겠다. 언제가 짝꿍이 내 필통을 보고는 어디서 샀냐고 물은 적이 있었다. 그녀가 떠준 필통이었는데 나는 할머니가 만들어준 것이라고 둘러댔다. 그 애는 "너희 할머니 센스 짱이다!"라며 이미 한참 전에 돌아가신 할머니를 치켜세웠다. 그땐 이 세상에 없는 할머니에게 왠지 고

마운 느낌이 들었다. 그녀가 손뜨개를 계속하는 이유는 쓸데없는 생각들을 없애기 위한 것 같다. 마치 내가 듣기 싫은 소음으로부터 벗어나기 위해 이어폰의 볼륨을 최대치로 높이는 것과 같이, 다른 생각이 나지 않도록 자신을 감당하는 술책이 아닐까. 아무튼 그녀는 시간이 남는 것을 용서하지 못하겠다는 듯 조용히 손을 움직여 모티프들을 자꾸, 자꾸 만들었다.

요 며칠째는 커다란 남자 옷을 뜨고 있다. 분명 남자 옷이다. 그녀에게 애인이라도 생긴 걸까. 어떤 남자일까. 키가 크고 후리후리한 스타일? 잘생긴 건 아니지만 분위기 있는 스타일? 설마 머리가 벗겨지고 배 나온 아저씨 스타일은 아니겠지? 그녀가 결혼이나 동거를 한다고 하면 나는 어떻게 해야 하는 것일까? 아마 그녀는 내가 내년에 고등학교에 진학하게 되면 기숙학교에 보낼 것이다. 여러 차례 그렇게 말한 적이 있기 때문에 나는 당연히 그럴 것이라 짐작하고 있다. 하지만 그 말을 할 땐 애인이 없었는데. 완성되고 있는 옷의 색깔은 흐린 회색이다. 저런 색깔이 어울리는 사람은 왠지 허약하거나 예민할 것 같다. 나는 그 옷에 관해서 그녀에게 아무것도 묻지 않았다. 하지만 버림받을 것 같은 느낌만은 끝내 떨쳐버리기 힘들었다.

6.

버스를 타고 학교에서 집으로 돌아가는 동안 나는 자꾸 우리 집 쪽을 쳐다보게 된다. 우리 아파트는 가로등 저편 사각지대에 어둡게, 마치 도시의 섬처럼 외롭게 서 있었다. 비가 오려고 하는 흐린 날에는 35층 고층 아파트 윗부분을 먹구름이 뒤덮고 있어 괴기스럽게 느껴졌다. 내가 볼 때마다 왜 꼭 우리 집 위에만 먹구름이 얹혀 있는 것일까. 모를 일이다.

오늘은 마지막 버스를 타고 나가 처음으로 그녀가 일하는 가게에 가서, 그녀가 노래하는 모습을 보았다. 많은 남자들이 그녀에게 박수와 야유를 함께 보내는 것도 보았다. 그래, 그녀는 호불호의 틈바구니 속에서 저런 모습으로 나를 피하고 있었구나. 노래하는 그녀를 보며 대체 무슨 생각으로 그녀가 나를 여기로 불러낸 것인지 머릿속이 복잡했다. 하지만 계산은 되지 않고 엉뚱하게도 자꾸 집에 있는 엘이 보고 싶었다. 왜 이 순간 엘 따위가 보고 싶단 말인가. 진한 붉은색 드레스를 입은 그녀가 나에게 기다리라는 손짓을 보냈지만 나는 그녀의 노래가 다 끝나기 전에 가게를 나왔다. 늦더위가 남아 있는 날씨였는데도 밤공기가 싸늘하게 느껴졌고 빨리 집에 가서 따뜻한 물에 오래도록 샤워를 하거나 아무 생각이 안 나도록 실컷 찬송가나 듣고 싶었다. 아니 허락이 된다면 펑펑 울어버리고 싶었다. 이 울컥거림의 정체는 무엇일까. 내가 알고 있는 그 사실을 내 눈으로 확인했다는 것, 그것 때문일까.

기분이 엉망이다. 낮에 학교에서 선생님이 진학 상담 때문에 부모님을 좀 뵙고 싶다고 하기에 "엄마는 오래전에 돌아가셨어요." 하고 말하자 선생님은 나를 한참이나 빤히 쳐다보며 미안한 듯 아무 말도 하지 못했다. 언제나 나는 비교적 외로운 편이었는데 그 시선을 받고 있는 나는 훨씬 외로운 것처럼 느껴졌다. 중학교에 들어와서만 두 번 전학을 했다. 초등학교 때도 전학을 세 번이나 했다. 그녀는 한 동네에서 오래 살 수 없는 사람이었다. 우리는 조용히 이사하는 것에 익숙했지만 우리가 이사하는 날이면 사람들은 시끄럽게 굴며 불쾌한 시선을 감추지 않았다. 그럴 때 나는 내가 체념을 빨리 배운 것을 다행이라고 생각했다.

어쩌다 그녀에 대한 소문이 돌고, 학교에 알려지면 나는 전학을 했다. 우리는 담담했다. 우리는 함께 놀이공원에 간 적도 없고, 같이 쇼핑을 하지도 않았고, 목욕탕에 가지도 않았다. 그녀와 내가 함께 한 문화생활이라고는 내가 초등학생일 때, 조조와 심야 영화를 각각 한 번씩 같이 본 것뿐이다. 두 번 다 애니메이션이었다. 나는 두 번째 영화를 보고 나와 이제 애니메이션은 별로 재미가 없다고 말했고, 우리는 다시는 극장에 같이 가지 않았다. 그 뒤로 나는 점점 공부를 잘하게 됐다.

엘은 요즘 자주 어항을 바라본다. 물고기가 먹고 싶은 거야? 엘은 발로 어항을 톡톡 치면서 물고기를 향해 시비를 건다. 어제 그녀는 새끼 밴 구피 한 마리를 다른 통에 분리했다. 전에도 구피가 새끼 낳는 것을 여러 번 본 적이 있다. 물고기는 전부 암컷이 알을 낳으면 수컷이 정액을 뿌려 수정시키고 그 수정란을 물풀 옆에 붙여놓는 방식으로 생식하는 줄 알았었다. 구피를 키우면서 물고기가 새끼를 바로 낳을 수도 있다는 걸 알게 됐다. 구피는 부화하고 나서 새끼를 분리하지 않으면 자기가 낳은 새끼를 잡아먹는다. 그래서 새끼를 밴 어미 구피를 분리함에 따로 넣어두었다가 새끼를 낳으면 어미를 꺼내고 새끼들만 모아둔다. 하지만 구피는 한꺼번에 수십 마리의 새끼를 낳기 때문에 새끼 물고기들 몇 마리가 죽는대도 별로 안쓰럽지는 않다. 내게도 언니나 오빠 그도 아니면 동생이 있었다면 어땠을까. 그녀가 나를 그렇게 안쓰럽게 여기지는 않았을 텐데.

저 물고기는 나를 어떻게 바라볼까. 엘이나 괴롭히는 쪼다 같은 중학생? 아니면 과묵한 집주인? 언젠가 반 친구 중 하나가 어안(fish eye) 렌즈로 찍은 사진을 모아 책으로 엮은 사진집을 가져와 본 적이 있다. 하나같이 유쾌한 표정들이었다. 그러나 그 사진들은 모두 중앙이 과장되어 있는 왜곡된 형상만 보여주었다. 지금 저 물고기의 눈에 나는 어떤 부분이 비정상적으로 과장되어 왜곡된 형상으로 비춰지는 피사체일까. 저 물고기에게라도 물어보고 싶다. 내가 그녀를 떠나고 싶지 않은 것은 나의 과장된 감상인가 아니면 그녀를 향한 나의 발칙한 도발인가.

7.

그녀는 물론 엄마로서의 역할을 충실히 해냈다. 나에게 따뜻한 음식을 해주었고, 깨끗한 옷을 입도록 빨래도 잘 해주었으며, 안락한 잠자리를 제공했고, 책을 열심히 읽도록 권했다. 그러나 그녀는 시간이 흐를수록 내 곁으로 가까이 다가와 나를 안아주거나 나의 눈을 보며 사랑한다고 말하지 못했다. 나의 생존 능력은 비교적 철저히 단독적인 것으로 만들어져왔다.

그녀는 나중에 내가 기숙사로 거처를 옮기고 나면 다시 이사를 할 것이라고 한다. 그곳에서 그녀의 애인과 함께 살 것이라고 한다. 그는 그녀보다 네 살이 어리다고 한다. 그녀는 나에게 그렇게 간단히만 말했다. 소개를 하겠다는 말은 하지 않았다. 그렇게 끔찍하게 아끼며 키워온 나에게, 그렇게 냉정한 표정으로, 현금 대신 용돈을 보내줄 통장과 체크카드를 건네며, 아직도 먼 일을 이렇게 자세히 당부하는 그녀가 미워서 견딜 수가 없다. 그녀가 데리고 갈 엘이 부럽다는 생각이 잠깐 머리를 스쳤다가 맹렬한 증오심으로 변질된다. 나는 돌아서며 그녀에게 나를 보러 오지 않아도 된다고 똑같이 냉랭한 표정을 짓고 건조한 어투로 말한다. 목이 메어 마지막 음절을 발음하는 내 목소리가 컥 막힌다. 나도 안다. 그것이 나를 위한 그녀의 힘든 선택임을. 그런데도 지난 16년간의 시간이 한꺼번에 와르르 무너지는 것 같다. 헤어짐을 준비하라는 유일한 보호자의 말, 그 앞에서 누가 온전히 평온히 버틸 수 있을까.

그녀는 가끔 심장이 아프다고 했다. 심장, 심장이 뜨끔뜨끔하여 숨을 못 쉬겠다고, 한참을 한 자리에 서 있고는 했다. 병원에서는 협심증이 의심되지만 정밀검사를 하지 않는 한, 당장 확실한 병명은 알 수 없다고 했다. 그녀는 아픈 와중에 자신이 오래 살지 못할 것 같다며, 오래 살기 싫다며, 나에게 미안해했다. 나는 아직 중학생이고 고아도 아닌데, 하나밖엔 없는 혈육이 내 앞에서 빨리 죽고 싶단 말을 하는 풍경이 너무나 참담했다. '내가 어서 죽어야지' 하는 말에 진정성이 담기지 않았다면 가벼운 농담일 수 있다. 하지만 그녀의 그 말은 '너는 어서 독립해야 한다. 너는 늘 너 스스로 살아갈 준비를 해야 하는 사람이다. 그리고 그 시기가 빠를수록 좋겠다'는 조건부 유언이나 마찬가지였다. 나는 아직 미성년이고 우리는 가볍게, 쿨하게 안녕 하며 헤어지면 그만인 사이가 아니다. 그런데도 어떻게 그런 말을 그렇게 쉽게 할 수 있을까. 금지된 사랑만큼 절실한 것이 또 있을까.

죽어버리기엔 아직 이르다. 그녀의 기다란 허리를 보고 있으면 수태를 꿈꾸는 어떤 동물의 간절함이 느껴지는데, 죽음이라니. 50대의 그녀가 할 수 없는 것, 불가능한 꿈 앞에 내가 작은 짐이거나 희망으로 아무렇게나 놓여 있다. 그녀에게 지금의 나는 아기이면서 더는 아기가 아니어서 그녀를 슬프게 하는 어정쩡한 존재일 것이다. 그녀는 내가 생리를 하게 된 것을 기뻐했지만, 동시에 내가 여자가 된 것에 견딜 수 없이 복잡한 감정을 느꼈다는 것도 안다. 서로를 할퀴어 상처를 내가며 살았다면, 이렇게 안타까운 마음으로 견디지 않았을지도 모른다. 그러나 우리는 그렇게 사는 방법을 배우지 못했다. 한 뼘 혹은 한 걸음 떨어져 서로를 보듬는 이상한 형태로밖에는 서로를 위하는 방법을 몰랐다. 그래서 나에게 그녀는 가슴 쥐어뜯도록 안쓰러운 사람일 수밖에 없었다. 그런 그녀가 또, 긴 원피스를 입고 밋밋한 앞가슴이 조금 드러나도록 옷매무새를 다듬고 나간다. 당신은 지금 어디에 가는가. 그렇게 여윈 모습으로.

8.

나는 나의 아빠이자 엄마인 그녀를 엄마라고 불러야 할지 아빠라고 불러야 할지 몰라 아무렇게도 부르지 않고 살아왔다. 그러나 사람들이 그를 게이라고 부른다는 것은 진작 알았다. 초등학교 3학년, 첫 번째 전학을 하던 날, 짓궂은 아이들이 그녀를 향해 변태, 호모, 쓰레기라며 침을 뱉었을 때 나는 확실하게 체념을 배웠다. 왜 너희 엄마는 쭈쭈가 없냐며 이상한 엄마라고 놀리던 유치원 때는 체념을 몰라 울음으로 대신했지만, 나는 그녀에 대한 어떤 원망도 분노도 없었다. 나는 엄마도 모르고 아빠도 모르니까. 그녀는 그저 나의 유일한 가족이니까. 그녀는 나를 위해 여자가 된 것일 뿐이니까.

때때로 그녀는 손님들과 사소한 시비가 있었다고 말했다. 그런 날 그녀는 엘을 안고 울었다. 나는 그런 그녀를 지켜보는 수밖에 없었다. 그녀는 늘 나에게 미안해했고, 그래서 나에게 의지하지 않았다. 나 역시 그런 그녀에게 의지할 수 없었다. 우리는 적당히 거리를 두고 조금은 어색하게 서로를 지켰다. 기린이 나뭇잎을 먹을 때는 우아하지만 바닥의 물을 먹을 때는 우스운 포즈로 앞다리를 쩍 벌리고 긴 목을 내려 겨우 물을 핥는 것처럼 우리는 우아한 시간과 우스운 시간을 함께 견뎠다.

엘은 눈물 흘리는 그녀의 품속에서 낮게 가르릉거리며 한껏 편안함을 즐겼다. 나는 그녀가 슬픔을 나누는 사람이 아니라 그녀의 슬픔으로부터 밀려나는 사람이라 내가 싫었다. 엘이 싫었다. 고양이는 고통을 참을 수 있는 능력을 가졌다는데, 스킨십을 통해 엔돌핀 분비가 활발히 일어난다는데, 그래서 고통을 참고 상처입지 않은 채 안전한 곳으로 피신할 수 있다는데, 제발 그녀가 엘을 쓰다듬지 말았으면 좋겠다. 엔돌핀이 필요한 건 엘이 아니라 바로 나다. 그녀의 손길 끝에 있어야 할 대상은 그녀가 회피하는 나다. 구걸을 해서라도 엘에게 고통을 견디는 능력을 전수받고 싶다.

9.

오래된 앨범 속에는 죽기 전의 엄마와 그녀가 함께 있다. 그 둘은 다정해 보인다. 그래서 나를 낳은 것이겠지. 나는 그녀보다는 엄마를 더 닮은 것 같다. 그녀는 각진 턱인데 엄마는 갸름하고 그녀는 콧날이 높은데 엄마는 낮고 그녀는 입술이 얇은 편인데 엄마는 도톰하다. 나는 한 번도 진짜 본 적 없는 엄마를 떠올려본다. 엄마가 지금 나와 함께라면 어땠을까? 행복할까? 불행할까? 엄마가 죽지 않았으면 어땠을까? 그녀와 엄마와 나는 어떻게 살았을까? 아무것도 모르고 죽은 엄마가 행복한 걸까? 살아 있는 내가 행복한 걸까? 나는 행복이나 불행은 이럴 때 쓰는 말이 아니라고, 나의 바보 같은 표현력을 탓한다.

그녀가 어떻게 엄마와 결혼을 했는지는 잘 모르겠다. 어렸을 때부터 지금까지 그녀는 나에게 철저히 여자였으며 엄마였다. 나도 묻지 않았고, 그녀도 말하지 않았다. 나는 오로지 나의 추측에 기댈 수밖에 없었다. 어쨌든 그녀의 어린 시절은 평범했을 것 같다. 늠름하게 허리에 손을 올리고 한껏 웃으며 스포츠머리를 한 고등학생의 모습에서 지금 그녀의 여성스러움은 발견하기 어렵다. 그녀는 왜 내 엄마가 되기로 했을까, 설마, 엄마가 시킨 것일까.

그녀는 엄마를 진정으로 사랑했을까. 왠지 그렇지는 않았을 것 같다. 나는 그녀가 특별히 누군가를 사랑했을 거라고 생각해본 적이 없다. 그녀가 누군가를 사랑할 수 있는 사람이었다는 것을 믿을 수가 없다. 내 느낌으로 그녀의 사랑은 그렇게 쉬운 것이 아니었을 것 같다. 그렇게 쉬운 사랑을 잘도 하는 사람이었으면 지금 자신을 그리고 나를 이렇게 궁지로 몰지는 않았을 것이다. 나는 그 점이 억울하다. 내가 그녀를 사랑하고 있다는 것이 억울하다. 그리고 그녀가 사랑 담은 눈빛으로 나를 바라보는 순간을 견딜 수가 없다. 서로를 제대로 품지 못하는 사랑이 무슨 의미가 있을까 싶다.

10.

오늘 새끼 밴 구피가 분리함 안에서 죽어버렸다. 수십 마리의 새끼를 배에 품고 죽은 구피는 반나절도 안 되어 비늘이 썩어 뭉게뭉게 솜뭉치 같은 곰팡이가 피어올랐다. 어미가 썩어버렸으니 그 어미의 배 속 새끼들도 모두 썩었을까? 나는 형체는 알아보기 힘들지만, 지독한 냄새는 피하기 힘든, 수십 마리 무게를 간직한 구피를 무겁게 어항에서 건져냈다. 태어나지 못한, 이름 없는 물고기들아, 잘 가라. 좋은 곳으로 떠나고 다시는 이곳으로 오지 마라, 담담히 작별을 한 뒤 휴지에

싼 구피의 사체를 변기에 넣고 물을 내렸다. 흔들리는 물을 보고 있으
니 흔적도 없이 사라진 물고기들이 금방이라도 꾸역꾸역 정화조를 거
슬러 올라와 변기를 가득 채울 것 같다.

해 질 무렵, 엘은 사냥 본능을 버리지 못한 듯 베란다 아래를 향해
헛발질을 해대며 먀―옹 하고 운다. 엘은 아마 손뜨개 털실을 굴리고
잡으며 놀아줄 그녀를 그리워하는지도 모르겠다. 하지만 나는 불도
켜지 않고 거실 한가운데 누워 어둠이 더 깊게 스며들기를 기다리고
있다. 어쩌면 엘의 사냥감은 내가 아닐까. 엘을 붙잡아 안고 가만히 등
을 쓰다듬어준다. 엘은 두려운 눈빛으로 나를 바라본다. 우리가 헤어
져야 할 시간. 엘은 이 시간을 즐겨야 할지 피해야 할지 고민 중인 것
같다. 엘은 곧 결심했다는 듯 허리를 비틀어 내 품을 빠져나간다. 그러
고는 이내 털을 잔뜩 세워 적의를 표현한다. 엘, 좋은 곳으로 떠나라. 그
리고 다시는 만나지 말자. 엘은 구석에 놓인 뜨개질 바구니의 실뭉치
하나를 물고 그녀의 침대 밑으로 들어간다.

11.

느닷없이 그녀가 나에게 인형 하나를 주었다. 곰 인형이었다. 나는
눈물이 났다. 웬일인지 그 순간 그녀가 뼛속부터 진짜 엄마인 것처럼
느껴졌다. 나를 진심으로 안아주지 못하는 그녀가, 나에게 인형으로
위로를 건네는 그녀가, 나는 밉고 또 좋았다. 어쩔 수 없는 내 이중의
감정이 곰 인형의 배 위로 뚝, 뚝 눈물이 되어 흘렀다. 그러나 이 모든

것이 나를 떠나보내려는 그녀의 준비인 것도 나는 안다. 그녀는 곰 인형을 주면서 세모 모양의 끈이 달린 작은 모티프를 하나 같이 주었다. 아기의 보넷(bonnet)처럼 곰 인형의 머리에 씌울 수 있게 되어 있는 것이었다. 어쩌란 말인가. 이 자주색 곰 인형에 작은 모자를 씌워 안고 그다음엔.

나는 나를 이해하는 그녀가 못마땅했다. 여자로도 남자로도 살지 못하는 그가, 그녀가 나는 못마땅했다. 차라리 진심으로 누군가를 사랑하길 바랐으며, 없는 애인을 만들면서까지 나를 떠나보내지는 않기를 바랐다. 나를 보내지 않고 나를 끌어안고 살기를 바랐다. 그게 그녀가 그녀로 사는 것이라고, 믿어 의심치 않았다. 그런데 그녀는 그렇게 살지 않겠다고 선언하는 중인 것이다. 나의 아빠이자 엄마로, 그 어느 것도 놓지 않으려는 그의 욕심이, 나에 대한 그의 사랑이 버거워서 숨이 막힐 것 같다. 죽지 않기 위해 나는 그와의 헤어짐을 받아들이기로 한다. 그래, 우리는 그렇게 또 살아갈 것이다. 유연하게 그리고 고독하게.

12.

구피가 또 새끼를 낳았다. 이번에는 어미도 새끼도 죽지 않고 살아남았다. 그 생존 본능, 생식 본능이 역겨워, 나는 어미와 새끼의 가드라인을 치우고 어미 구피에게 말했다. 자, 먹어라. 먹고 잘 소화시켜. 그리고 검은 똥을 싸라. 건강히 당당하게 살아라. 새끼 품으려 너무 애쓰지 말고, 뭐든 잡아먹고, 끈질기게 살아라. 이를 악물고 말했다. ⚡

럭키, 스트라이크

자궁의 폐업

성스러운 마음으로 전공을 선택했을 때만 해도 A는 천직으로 알고 봉사와 희생을 펼쳐 나가겠다고 다짐했었다. 전문대를 다니는 동안까지도 그 다짐은 유효했다. 게다가 여대의 사회복지 전공이라는 메리트는 여러 가지로 상품성이 있었다. 예를 들면 아이나 노인을 상대하는 돌봄 아르바이트에서 우선순위를 차지할 수 있었다. 심지어는 미팅을 할 때도 유아교육 전공자 다음으로 복지 전공자가 인기가 높았다. 아마도 '복지'를 업으로 삼는 사람이니 심성이 착할 것이라는 오해가 만든 이미지 때문일 것이다.

그러나 졸업을 하고 시험을 준비하고 진짜 사회복지 업무에 투입되고 나면 대부분 현실과 이상 사이의 괴리를 느낀다. 그 틈을 인식하는 순간 원대한 꿈을 품고 전공을 선택했던 이들은 빠른 속도로 현실의 편에 줄을 선다. 공무원이라는 명칭이 제공하는 공인된 자격과 따박 따박 나오는 월급, 국가 소속이라는 안정감밖에는 좋을 게 없다. 그때 는 이미 천직도 성품도 봉사나 희생도 하늘 위의 뜬구름 같은 것이 돼 버린다. 아무도 알아주지 않는 착한 심성보다는 당장의 연봉 계산이 중요할 수밖에 없다.

A도 사회복지직 공무원이 되기 위해 졸업 학기부터 시작해 2년 반 의 시간을 투자했다. 매일매일 단 하루의 예외도 없이 구립 도서관에 나가 정해진 분량의 공부를 했다. 명절도 휴일도 없이 아침 일곱 시 개 관과 동시에 입장해 열한 시 폐관 시간을 알려야 퇴장하는 삶을 꼬박 꼬박 지켜내고야 얻은 결실이었다. 구내식당의 한 달 단위로 반복되 는 점심과 저녁 메뉴가 지겨운 줄도 모르고 감사했다. 취직은, 누렇게 뜬 동지들의 얼굴을 견디며 다른 어떤 유혹에도 눈길을 주지 않고 버 틴 시간의 값이었다.

A가 복지사로 첫 근무를 시작한 곳은 강북 변두리의 한 사회복지 관이었다. 앞머리를 고정하여 핀을 꽂고 꽃버선에 슬리퍼를 애용하는 여자 복지사가 호봉이 가장 높았다. 늘 짝짝 소리를 내며 껌을 씹던 그 상관의 장점이라고는 일부러 행패 부리려고 복지관에 찾아오는 사람 에게 뒤지지 않는 욕설과 비속어로 대거리를 해 상황을 조기 진정시키 는 능력뿐이었다.

그 상관은 사무실 안에서는 털털하기 이를 데 없는 모습이었지만 퇴근할 때는 머리끝부터 발끝까지 완벽하게 변신을 하는 신기한 재주 를 가진 사람이기도 했다. 특히 종일 고무로 된 시장표 슬리퍼를 찍찍 끌고 다니다 아슬아슬할 만큼 높은 힐로 갈아 신고 퇴근하는 모습을 보면 누구라도 의아함을 감추기 힘들 정도였다. 그렇게 높낮이 차이가 나면 어색하지 않은지, 내내 바닥에 붙어 있다 15센티 올라서는 느낌은 어떤지 물어보고 싶었지만 그 상관에 대한 두려움 때문에 A는 끝내 그것을 묻지 못했다.

이제는 A도 그때 그 상관만큼 호봉이 붙었다. 그리고 그 15센티의 높이가 어떤 높이인지 어떤 느낌인지 혹은 어떤 의미인지 짐작할 수 있게 되었다. 그때는 그 상관이 신는 15센티 구두 굽의 높이가 하늘을 찌를 듯 높아 보였다. 그 거리가 그 상관과 A의 거리만큼 멀게도 생각됐었다. 그런데 이제 그 사람이 겨우 15센티 상승하기 위해 하루를 그리고 며칠, 몇 달, 몇 년, 몇십 년을 어떤 식으로 버텼을지 그리고 초조, 염증, 불안, 무료와 같은 감정을 어떻게 싸구려 꽃무늬 버선의 무늬 속에 숨겨두고 견뎠을지, 그 시간의 무게를 알 것 같았다.

소박하다고 해야 할까. 구질구질하다고 해야 할까. 그런 시간의 냄새를 A도 잘 알고 있었다. 열 개에 이천 원 하는 귤을 사다가 단칸 자취방 창틀에 조르륵 줄 세워두고 생각날 때마다 하나씩 까먹던 귤의 맛이 그녀에게는 잊히지 않는다. 그러다 두 개쯤 남으면 아쉽고 서운하고 그랬는데. 지금 저 밖 베란다 귤 상자 안에는 몇십 개의 귤들이 서로를 뭉개며 부대껴 푸르게 썩어가고 있는데도 손이 가지 않고 막상 몇 개 꺼내 먹어도 그때처럼 맛있는 줄을 모른다.

싱글 침대 하나로 꽉 차던 작은 방에서 A와 일자의 몸이 되었다가 십자의 몸이 되었다가 그도 아니면 동그라미가 되었다가 이름 붙일 수 없는 모양으로 겹쳐지던 B는 꿈이 없다고 했다. B는 익으면 주황색으로 변하는 새우, 게, 가재 같은 갑각류 생물을 좋아했다. 부끄러움을 아는 애들이라 좋다고 했다. 그는 남미에 대한 환상과 동경을 품고 있었는데 그래서 동네 세계 맥주 전문점에 가면 안주를 꼭 퀘사디아(quesadilla)로만 시켰다. 맛은 중요하지 않다고, 그냥 퀘사디아 하고 말하는 순간 그 발음이 자기를 남미 근처 어딘가로 데리고 가는 것 같다고 했다. 겨우 그 두 개뿐이다. 갑각류와 남미에 대한 것 말고는 모든 것에 아무런 이유가 없었다. B에게 A가 어떤 질문을 하든지 답은 늘 그냥이었다. 왜 좋은지 물으면 그냥 좋다고 했고 왜 웃느냐고 물어도 그냥 웃는다고 했다. A를 만나는 것도 사랑하는 데도 이유는 없었다. 그냥 만나 사랑하게 됐고 그리고 그렇게 그냥 헤어지게 됐다.

딸꾹질하듯 가끔 B가 생각이 나던 때도 있었다. 하지만 A는 어느 순간 자신이 딸꾹질을 하지 않은 지 너무 오래 지났다는 것을 깨달았다. 멈출 것 같다가 다시 딸꾹, 또 멈출 것 같다가 다시 딸꾹, 하던 것이 언제가 마지막이었는지 이제는 기억나지 않는다. 그렇게 딸꾹질과 함께 사라진 B를 떠올리자 사람은 어른이 되면 자연스레 딸꾹질을 하지 않게 되는 것인지 문득 궁금했다. 어린 아이가 처음에는 자꾸 넘어지지만 걷기가 능숙해지고 나면 잘 넘어지지 않는 것처럼 누구나 어느 순간이 되면 딸꾹질을 멈추게 되는 것일까.

그렇게 A의 첫 번째 연애가 시작되고 끝나고 사라졌다. 그리고 21년이 지났다. 그때는 다시 누군가를 만나지 못할 거라고 전혀 예상하지 못했다. B를 잊지 못해서도 더 좋은 사람을 만나지 못해서도 아니다. B의 표현대로 정말 그냥 그렇게 됐다. 당연히 A도 시간이 지나면 다른 누군가를 만나고 결혼도 하고 아이도 낳고 남들처럼 평범하게 살 거라고 상상했는데 그 후로 아무도 만나지지 않았다. A를 좋아해주는 사람이 나타나지도 않았고 A가 좋아하게 된 사람도 없었다. 그렇게 21년이 훌쩍 지나버린 것이다.

그동안 A는 취직을 했고 돈을 모았고 자동차 한 대와 대출 낀 아파트 한 채도 갖게 되었다. 가끔 친구들도 만났고 여행도 다니고 때로는 선도 보았다. 간혹 일이 지겹다고 생각한 적은 있지만 어렵게 얻은 직장이라 그만둘 생각은 하지 않았다. 누구나가 다 그렇게 사는 거지 하며 스스로를 평범하게 여겼는데 마흔여덟 살이라는 나이를 실감하는 순간 갑자기 A의 삶이 평범하지 않게 변해버렸다.

그리고 폐경이 찾아왔다. 피임을 한 번도 해보지 않은 채로 아기를 품어보지도 못한 채로 그렇게 자궁의 기능이 끝났다. 완경이라는 순화된 표현이 사치스럽게 느껴지는 순간, A는 유서를 써야겠다는 생각을 했다. 하지만 하얀 종이의 맨 윗줄 가운데 유서라고 쓰고 나니 그 아래줄에 쓸 말이 도통 생각나지 않았다. 고민 끝에 적은 것이라고는 자위, 자해 이 네 글자뿐이다.

럭키, 호더스(Hoarders)의 손녀

횡단보도의 흰 줄만을 밟으려 애쓰며 껑충거리고 있는 아이의 이름은 럭키다. 럭키의 아빠는 스물세 살. 열여섯에 처음 소년원에 들어간

이후 수시로 경찰서를 전전한 전과자다. 럭키의 엄마는 가출했다가 럭키 아빠를 만났다고 했다. 임신 사실을 알고 미혼모 보호시설에 들어가 아기를 낳았고, 몸을 풀자마자 조리할 겨를도 없이 바로 시설을 나가 다시는 아이 아빠에게 아무 연락도 하지 않았다. 럭키는 어쩔 수 없이 할머니 손에 맡겨졌다. 할머니는 럭키 아빠의 친엄마가 아니었다. 그래도 아기를 맡길 곳이 없으니 럭키 아빠에게도 선택의 여지가 없었다. 할머니는 젊을 때 영감에게 하도 맞아서 그렇다며 자주 두통을 호소하더니 그예 치매 초기 진단을 받았다. 사실상 이제 럭키를 보호할 어른은 아무도 없었다.

동사무소에서 최저생계비로 나오는 돈은 다달이 럭키 아빠가 가로채 갔고 럭키와 할머니는 할머니가 유모차에 폐품을 모아 판 푼돈으로 연명했다. 럭키 할머니는 그래도 살림에 유용한 물건을 잘 건져왔다. 그중 하나가 전기장판이다. 럭키네 집 베란다에는 새시(sash)가 설치되어 있지 않았다. 당연히 겨울의 칼바람을 막을 도리가 없어 럭키와 할머니는 몇 겹의 이불을 무덤처럼 두껍게 쌓고 그 안에 들어가 자야 했다. 그런데 전기장판이 생긴 뒤로는 추위 견디기가 한결 수월해졌다.

문제는 럭키 할머니가 바벨 타워 아파트의 쓰레기 원정대가 되고 난 후 집 안이 발 디딜 곳이라고는 찾아보기 어렵게 난잡해졌다는 데 있었다. 할머니는 언제 어떻게 팔릴지 모른다며 계속 뭔가를 모아들이기만 하고 다시 내어가지는 않았다. 유리로 된 술병은 슈퍼에서 돈으로 바꿔주고 폐지는 고물상에서 무게로 값을 쳐주지만, 값을 정할 수 없는 장식품이나 용도를 알 수 없는 기구들은 처치 곤란한 쓰레기일 뿐이었다. 그런데도 할머니는 일단 집으로 들이고 보았다. 그렇게 쓸모없는 물건들이 집 안을 서서히 잠식했다.

할머니가 무엇에 쓰는 것인지도 모르는 채 닌텐도를 가져왔을 때가 인생에서 가장 신났던 때라고 럭키는 말했다. 바벨 타워 아파트 놀이터에서 놀다 보면 게임기를 가지고 오는 애들이 종종 있었는데 그럴 때마다 럭키는 게임기 주인 아이의 주위를 빙글빙글 돌며 구경만 해야 했다. 그러다 할머니 덕에 럭키도 닌텐도를 만져보게 된 것이다. 정말 무엇과도 바꾸고 싶지 않은 행복이었다. 물론 그 닌텐도는 고장이 나작동이 안 되는 것이었다. 럭키는 그래도, 그거라도, 좋았다.

한 달에 한 번 아빠가 돈을 가지러 오는 날을 럭키는 손꼽아 기다렸다. 럭키 아빠는 할머니와 럭키 앞으로 나오는 돈을 가져가면서 꼭 럭키에게 인심을 썼다. 이걸로 맛있는 걸 사 먹으라며 만 원짜리 몇 장을 손에 들려줬다. 럭키는 돈을 주기 때문에 아빠를 기다리는 것은 아니라고 했다. 사실은, 정말은, 진짜는 하며 망설이면서 럭키는 A에게 말했다. 아빠에게 아직 한 번도 묻지 못했는데 엄마에 대한 이야기를 듣고 싶다는 것이었다. 그 이야기를 들려줄 수 있는 사람은 세상에 아빠가 유일하니까 아빠가 기다려진다고 했다.

럭키는 가끔 엄마는 어떤 사람일까 상상한다고도 했다. 예쁠까? 똑똑할까? 착할까? 자기를 보고 싶어 할까? 나중에라도 만날 수 있을까? 그런 생각을 하다 보면 결국에는 화가 나는데 화풀이할 대상이라고는 할머니밖에 없어서 할머니의 머리카락을 쥐어뜯으며 막 욕을 퍼붓게 된다고 했다. 그러고 나면 럭키 자신이 꼭 아빠가 된 것처럼 느껴진단다. 럭키가 더 어렸을 때 럭키 아빠는 수도 없이 할머니를 때렸다. 돈을 내놓으라고. 없으면 만들어서라도 내놓으라고 때리고 또 때렸다고 했다. 이제 럭키가 그때 아빠가 했던 그대로 욕을 하며 할머니를 때린다. 정신이 온전치 않은 할머니는 맞으면서도 웃는다고 했다.

A가 럭키의 집을 처음 방문한 날도 '미친년!' 럭키의 입에서 앳된 목소리에 어울리지 않는 욕이 튀어나왔다. 뒤이어 '쌍년, 또 만졌어?' 문 저쪽에서 앙칼진 아이 목소리가 들려왔다. 일곱 살 아이의 표현이라고는 믿기지 않는 격한 발음이었다. 럭키는 자기 물건에 손댔다고 할머니를 상대로 쌍욕을 퍼붓고 잡도리하고 있었다. '내일 아빠 온댔지? 오면 절대로 못 나가게 해. 꼭 나 만나고 가야 한다고 해! 알았어? 대답 좀 해. 이 개년아. 쌍, 짜증나! 아빠한테 돈을 타내야 할머니 너도 고생을 덜 하지. 엉? 내 말 알아들어? 알아듣냐고! 븅신아, 대답 좀 해! 이 씨팔년! 귀먹었어?' 이를 앙다물고 이 사이로 소리를 욕을 내뱉는 성정이 보통은 아니었다.

횡단보도의 이쪽과 저쪽

왕복 6차선의 도로를 가로지르는 횡단보도를 기준으로 윗동네는 서울이고 아랫동네는 경기도다. 윗동네의 바벨 타워 아파트는 45, 56, 67평형 8개 동 600여 세대로 구성돼 있다. 서울의 변두리임에도 중대형 아파트로만 꾸려진 만큼 전세보다 자가가 많다. 반면 아랫동네의 휴먼하우스는 영구임대 아파트다. 15평형과 18평형 두 가지 유형으로만 구성된 22개 동에는 총 오천 세대가 넘는 가구가 살고 있다. 바벨타워 아파트는 큰 평형의 15개 동이던 것을 35년 만에 재건축 허가를 받아 평수를 늘려 새로 올린 최신 아파트고, 휴먼하우스는 38년째 그냥 임대아파트다. 처음 몇 번은 외관 페인트를 바꿔 칠하는 것으로 그럴싸해 보이기도 하더니 이제는 아무리 보수를 해도 낡은 티를 벗지 못했다.

이 동네의 주소 지번이 복잡한 이유는 도시화 이전의 행정구역을 이후에도 그대로 적용하고 있기 때문이다. 하천의 흐름에 따라 하천 위와 아래로 행정 부지를 나누었다가 도로가 들어서고 건물들이 지어지면서 자연스럽게 하천의 흐름이 바뀌었다. 윗동네는 지금의 하천 위치로 따지면 경기도에 속해야 한다. 하지만 행정지명은 80년 전의 지형에 근거해 작성된 대로 '서울'로 유지되고 있다. 이런 불합리한 방식을 좋아하지 않는 사람들이 주소를 깔끔하게 정리하자고 탄원을 한 적도 있었다. 문제는 곧 죽어도 서울특별시민의 권리를 잃고 싶지 않은 사람들이 윗동네에 여전히 살고 있다는 것이고, 그들이 권력을 쥐고 있다는 것이다.

학교는 윗동네와 아랫동네 중간 지점에 있었다. 위치로는 아랫동네지만 행정구역으로 치면 서울에 속해 있는 초등학교, 중학교였다. 위치상의 문제로 윗동네와 아랫동 아이들이 섞여서 취학 배정되었다. 학교에서는 어차피 이런저런 아이들이 섞여 지내기 마련이고 그러다 보니 많은 일들이 벌어진다. 하지만 이 학교는 다른 곳보다 유독 큰 사건과 사고가 많이 일어났다. 부모의 엄청난 교육열 속에서 부족함 없이 자란 아이들과 부모의 교육열은커녕 부모도 없는 소년 소녀 가장들, 한 부모 가정의 아이들, 조손가정의 아이들은 알게 모르게 부딪쳤다.

최근에는 중학교 교실에서 살인 사건이 일어나 떠들썩했다. 휴먼하우스에 사는 아이가 돈을 뺏고 폭력을 일삼으며 지속적으로 바벨 타워 아파트에 사는 한 아이를 괴롭혔다는데 그 아이가 견디다 못해 부모에게 자신이 당한 학교 폭력을 고백했고, 피해 학생 부모는 가만히 있지 않았다. 경찰에 신고한 것은 물론이고 가해 학생을 반드시 형사 처벌하라고 강력히 요구했다. 소문이 돌자 가해 학생은 다음 날 등교하자마자 자신이 괴롭혀오던 아이의 심장을 칼로 찌르고 도망쳤다.

이 일이 있고 나서 바벨 타워 아파트의 학부모들은 여러 차례 집단 시위를 벌였다. 이런 폭력학교에는 아이를 맡길 수 없으니 학교 당국은 문제를 해결할 방안을 내놓으라는 것이 주된 내용이었다. 학교 측에서는 휴먼하우스의 아이들을 당장, 그것도 전부 쫓아낼 수도 없지 않느냐며 곤혹스러운 학교 입장도 이해해달라고 거듭 사과만 하고 있었다. 근본적인 문제는 이 살인 사건이 처음이 아니라는 것, 살인 사건에 버금가는 사건들이 학교가 생긴 이래 끊이지 않았다는 데 있었다.

결국 학교에서 제시한 교육책은 우열반을 나눠 실력별, 능력별 학급 구성을 하겠다는 것이었고 그렇게 자연스럽게 바벨 타워 아파트 아이들의 반과 휴먼하우스 아이들의 반이 나뉘게 됐다. 그럼에도 바벨 타워 아파트 학부모들은 미봉책이라며 불안을 완전히 없앨 수 있도록 안전 조치를 마련하라고 요구를 거듭했다. 각 교실에 안전 지도를 위한 보조교사를 배치하고, 학교 주변의 CCTV 설치를 늘리고, 휴먼하우스에 사는 아이들이 바벨 타워 아파트 아이들과 부딪칠 일이 없도록 이동 동선을 따로 마련하라는 등의 구체적인 사항이 학교 벽면 현수막에 적혀 있었다.

바벨 타워 아파트에 사는 아이들은 횡단보도를 건너 학교에 간다. 그 아이들은 휴먼하우스에 사는 아이들을 낮잡아보면서도 한편으로는 무서워한다. 위아랫동네 중간 지점에 놓인 이 학교에 다니는 아이들은 초등학생이건 중학생이건 이편이나 저편 모두 순수하지 않았고 저마다의 마음에 공격성을 품은 채 서로를 경계했다. 길을 건너 학교로 향하는 아이들을 보는 바벨 타워 아파트 엄마들의 눈에는 휴먼하우스 아파트 아이들에 대한 적개심이 여과 없이 담겨 있었다.

치안센터와 주민센터

학교 앞에 자리 잡은 2층 건물의 아래층은 치안센터로 개명한 파출소고 위층은 주민센터로 개명한 동사무소 분소다. 1층의 치안센터는 낮이고 밤이고 불을 끄고 문을 걸어 잠근다. 주간에 근무하는 경찰이 없는 것도 아니다. 순찰도 돌고, 치안을 위해 노력하고 있다는 것을 증명하기 위해 꼬박꼬박 일지도 쓴다. 하지만 이 동네에는 외출할 때 지갑 챙기듯 상시로 칼을 착용하고 다니는 사람이 많았다. 1990년대 초

에는 이 임대아파트가 새터민을 위한 공간으로 사용되었지만 그 후에
는 조선족이나 외국인 노동자들이 밀려와 자리를 잡았다.

　세 평 남짓한 이 치안센터의 담당 경찰들은 자신의 치안부터 살피
기 위해 늘 전전긍긍했다. 그도 그럴 것이 주민들 집단 패싸움만도 이
미 여러 차례 벌어졌었다. 그 과정에서 치안센터의 유리문이 박살나
고 집기들은 죄다 밖으로 던져졌으며 폭행당한 경찰의 수도 헤아리기
힘들 정도였다. 지금 치안센터 안의 집기라고는 다 찌그러진 철제 책
상 하나와 의자 하나, 잠기지 않는 캐비닛 하나가 전부다. 벽에는 나란
히 곤봉 세 개가 걸려 있다. 그나마도 철철이 책상이나 의자가 바뀐다.
소란과 행패는 여전했다.

　가끔 꽉 잠긴 문 안 어둠 속에 경찰이 또는 경찰들이 덩그러니 앉아
있는 것을 볼 수 있다. 한편으로는 겁먹어 두려운 표정으로, 한편으로
는 지루한 표정으로 자리를 지키고 있다가 똑똑 누군가 문을 두드리면
머쓱한 표정으로 잠금쇠를 풀며 무슨 일이냐고 묻기도 한다. 하지만
여섯 시가 되면 어김없이 자리를 피하고 치안센터의 문은 두꺼운 쇠사
슬에 자물통을 거는 방식으로 밖에서 다시 잠긴다. 그러니 이 치안센
터의 문은 언제고 늘 잠겨 있는 셈이다.

　2층의 주민센터는 일반 동무사무소와 마찬가지로 각종 행정업무를
처리하고 있지만 다른 곳과 달리 사회복지 관련 업무가 많은 편이었
다. 주민센터 안에는 일곱 개의 책상이 있다. 민원을 담당하는 직원들
의 주요 업무는 주민등록등초본 등의 서류 발급과 인감 등록, 출생과
사망 신고 처리 등이다. 계장 다는 게 소원이라며 계장으로 불러달라

고 부탁한 쉰아홉 살의 김 계장은 아직도 가운데 손가락 두 개만으로 타자를 친다. 몇 글자의 주소를 적는 데도 띄엄띄엄 썼다 지웠다 하며 한참의 시간을 소비해 겨우겨우 완성한다.

사회복지 전담 공무원들이 처리하는 일은 주로 최저생계비 관련 업무와 장애인 활동 보조, 자활 근로 대상자 선정, 자원봉사자 관리 등이다. 금전 문제를 다루다 보니 아무래도 예민한 상황이 잦고 그런 만큼 위험도 크다. 동사무소 근무라도 복지관, 치안센터와 긴밀히 연계, 협력해야 차질 없이 일이 마무리되는 경우도 허다하다. 그러니까, 경찰 대동하고 처리해야 하는 일들이 비일비재했다.

2층 주민센터 직원들은 서로의 자유를 보장하려고 애쓰지만 작은 공간 안에서 얻는 자유라는 것이 한쪽에 비치된 홍보용 아리수 물통의 수요만큼이나 한정적일 수밖에 없다. 점심 메뉴를 의논하거나 사생활을 토로하는 일도 거의 없다. 어차피 순환 보직으로 평생 여기 묻힐 게 아니라면 그저 자리보전을 위해 사무적으로 서로를 의식하고 관계하면 되는 것이고, 어찌하면 자신의 업무량을 조금이라도 줄일 수 있을까 고민하면 되는 사이일 뿐이었다.

쓰레기 원정대

바벨 타워 아파트의 재활용 쓰레기 버리는 날은 수요일과 일요일이다. 거기서 나오는 쓰레기는 쓰레기가 아닌 것도 많다. 멀쩡히 작동되는 전자 기기들, 멀쩡히 입을 수 있는 각종 의류, 멀쩡히 쓸 수 있는 유모차와 세발자전거, 유아용 승용 완구 등등. 일요일 오후에는 유모차를 대동한 할머니들이 재활용 쓰레기 처리장을 빙글빙글 돈다. 휴먼하우스에서 온 쓰레기 원정대다. 할머니들은 거기서 얻은 물건으로 살림을 유지한다.

쓰레기 원정대는 바벨 타워 아파트 경비의 눈을 어떻게든 피해야 한다. 걸렸다 하면 겨우 골라 놓은 쓸 만한 물건들을 모두 빼앗긴다. 재활용 처리로 얻는 수익 중 일부가 경비의 일품으로 산정되기 때문에 그들도 재활용 쓰레기의 양에 민감하다. 쓰레기를 두고 벌이는 일종의 밥그릇 싸움인 셈이다. 쓰레기 원정대는 하이에나, 경비들은 독수리, 쓰레기를 내버린 본래 주인은 사자. 이것이 재활용 분리 쓰레기장의 서열이다.

할머니들만 쓰레기 원정대인 것은 아니다. 젊은 축도 꽤 끼어 있다. 그들 중에는 상습적으로 바벨 타워 아파트의 의류 수거함을 뒤지는 부류도 있다. 이들은 주로 명품 의류나 가방을 노리는데 경비들이 수거함에 늘 자물쇠를 채워놓기 때문에 세탁소 옷걸이를 연장으로 삼아 끄집어내는 작업을 한다. 옷걸이의 갈고리처럼 휜 부분을 융으로 감싸고 나머지 부분을 일자로 쭉 편다. 이런 것을 여러 개 겹쳐 박스 테이프로 고정하면 꽤 튼실한 장비가 된다. 그걸 수거함에 밀어 넣고 휘적거려 옷이나 가방, 신발 등을 꺼낸다. 기술이 생기면 오직 감으로만 물건을 구별해 값어치 있는 것만 꺼내게 되기도 한다.

쓰레기 원정대 중에는 아이들도 있다. 아이들은 주로 작은 손을 넣어 꺼낼 수 있는 폐건전지를 노린다. 폐건전지함은 경비실 옆 벽면에 언제나 붙어 있다. 아이들은 상시로 폐건전지함을 뒤져 방전된 건전지를 꺼내고 그걸 학교 앞의 문방구로 가져가 되판다. 문방구 주인은 아이들이 폐건전지를 가지고 오면 사례로 딱지나 스티커, 색소가 많이 들어간 껌이나 사탕 같은 불량 식품을 준다. 대가로 돈을 주는 일은 없다.

하지만 쓰레기 원정대라고 대놓고 쓰레기들을 공략할 수 있는 것은 아니다. 경비들의 눈을 피하기 위해서 몇 바퀴고 동네를 빙빙 돌아야 한다. 그러다 경비가 틈을 보이면 잽싸게 치고 빠지는 식이다. 쓰레기 원정대 아이들이 몸을 숨기기에 놀이터만큼 좋은 곳은 없다. 휴먼하우스 아파트 놀이터도 얼마 전 새로 정비해 시설이 깨끗하고 좋은 편이지만 휴먼하우스 아이들은 이유도 없이 떼로 몰려다니며 바벨 타워 아파트 곳곳의 놀이터를 접수했다. 휴먼하우스 아이들이 바벨 타워 놀이터를 종횡무진하는 걸 알면서도 어른들은 재빠른 아이들을 잡을 수도 쫓아낼 수도 없었다. 교양 있는 어조로 뒤늦은 경고를 할 뿐, 속수무책이었다.

휴먼하우스 쓰레기 원정대가 가장 아쉬워하는 것 중 하나는 음식물은 재활용 처리가 되지 않는다는 것이다. 바벨 타워 아파트의 음식물 쓰레기 처리는 전자 칩을 이용하게 되어 있었다. 전자 장치로 몇 동 몇 호의 쓰레기가 얼마나 버려졌는지를 수치로 기록하는 시스템으로, 적정량 이상의 음식물쓰레기가 발생하면 세대에 부담금을 부여한다. 그러니 쓰레기 원정대가 음식물 쓰레기를 거둘 수 있는 확률은 희박하다.

그래도 괜찮다. 음식물과 현금을 제외한 거의 모든 것을 얻을 수 있는 곳이 바벨 타워 아파트 재활용 쓰레기 수거장이니까. 실수인지 아닌지 알 수 없지만 박스도 뜯지 않은 최고급 최신식 디지털 카메라를 주워온 사건과 아이들 플라스틱 장난감에 열 개가 넘는 돌 반지와 팔찌 등이 들어 있던 걸 가져온 사건 그리고 정상적으로 작동되는 안마 의자를 업어 온 일 같은 것은 쓰레기 원정대원들에게 두고두고 회사되는 사건이었다.

골상학적 운명론

휴먼하우스에 사는 사람 중에는 자활근로 신청자가 많다. 복지혜택을 얻기 위해 어쩔 수 없이 선택하는 방법이다. 청소, 물건 나르기처럼 기술 없이 시작하는 일도 있지만 도배나 장판 까는 일처럼 배워서 해야 하는 일도 있다. 혹은 간호사들과 함께 중증 장애인이나 치매 노인을 씻기고 운동시키는 일도 있다. 젊은 사람들은 어떻게든 기술을 배워 큰 돈 버는 일을 하고 싶어 하지만 노인들은 새로 배우는 것보다는 그때그때 몸으로 때우는 일을 원했다.

자활근로 노인 중 하나가 주장하기를, 어쩌면 치아는 사람의 인생을 증명하는 증명서 같은 것일지도 모른다고 했다. 미라나 소재 불명의 유골이 발견되면 치아의 크기와 개수 그리고 모양과 관리 상태를 보고 그 사람의 생활 수준이나 태도, 방식 등을 알아내는 것을 보더라도 치아와 삶이 연관이 있다는 것이었다. 치안센터 앞 도로에 삼삼

오오 모여 앉은 자활근로 노무자들은 서로의 치열을 흉보며 웃었다. 자세히 보면 그들 중 치열이 바른 사람은 거의 없었다. 합죽이나, 주걱턱, 돌출구조, 덧니가 지나치게 났거나 이 사이 간격이 너무 넓거나, 부정교합의 이 구조를 지니고 있는 사람, 아니면 썩어서 이가 빠졌거나 이에 구멍이 났거나 검게 변색된 이를 가진 사람이 대부분이었다.

가난한 노인들은 구강 관리가 잘 되지 않은 경우가 흔했다. 자활근로 나온 노인들은 그나마도 이가 다 빠져 잇몸만 있거나 겨우 몇 개의 이만 남았거나 틀니를 이용했고 그도 아니면 꼭 필요한 것만 임플란트 치아로 대체했다. 그들은 부정확한 발음으로 부정확한 기억을 더듬어 좋았던 한때를 반추하는 것으로 하루를 견뎠다. 그들은 튼튼하고 가지런하며 하얀 이를 가진 바벨 타워 노인들과는 달랐다. 어쩌면 골상학적으로 가난한 운명을 타고난 사람들이었다.

치아뿐 아니라 다리나 허리의 굽기 또는 손가락이나 발가락의 관절 등도 모두 모양 그 자체로 가난을 증명했다. 노동을 견디다 못한 허리는 휘어 뒤로 젖혀지거나 앞으로 굽어졌고 다리는 오다리로 벌어졌다. 뼈들은 뒤틀리고 굳고 휘고 닳았다. 노인들의 기억을 간직한 세포들은 매일매일 죽어나가고 몇몇만 죽은 각질로 쌓여 발뒤꿈치에 거칠게 붙어 있었다. 근근이 버티던 노인들은 한 조각 남은 생의 미련조차 치매에 넘겨줘버리곤 했다. 망상에 잠식당한 허술한 몸은 의미를 담지 못하는 그들의 눈빛만큼이나 헛헛하고 가벼웠다.

낮 동안 임대아파트 밖에 나다니는 건 전부 노인뿐이다. 아이들은 어린이집으로 또 학교로 몰아넣어지고 그나마 젊은 사람들은 조금이라도 나은 돈벌이를 위해 여기저기 직장으로 흩어진다. 바벨 타워 아파트의 많은 노인들은 자활근로를 해야만 하는 휴먼하우스의 노인들과 나이를 제외하고는 모든 것이 달랐다. 그야말로 여유 있게 노후를 즐기는 사람들이었다. 명품을 일상복으로 입는 그들 중 이가 전부 빠지거나 허리가 굽은 사람은 없었다. 그들의 관심사는 오직 늙음을 젊음으로 되돌리는 것밖에는 없었고 그것을 위해서는 못 할 일이 없는 사람들이었다.

바벨 타워 노인들에게 휴먼하우스 노인들은 사람이 아니었다. 길고양이나 유기견처럼 달갑잖은 존재, 거리를 두고 지나쳐야 할 존재, 관심을 두면 오히려 곤란해지는 존재일 뿐이었다. 때때로 거지 동냥하듯 자활근로 노인들에게 만 원짜리를 한 장씩 쭉 돌리는 튀는 부류도 있었지만, 대부분은 그저 다른 세계의 무엇인가로 치부하고 외면했다. 바벨 타워 노인들은 휴먼하우스 사람이라면 가사도우미나 허드렛일을 하는 일용직 채용도 거부했다. 그들이 자신의 집 안에 들어와야 한다는 것이 이유였다.

피리 부는 사나이의 유혹

럭키를 처음 만난 순간 A는 그 아이를 데리고 무작정 폭주하고 싶다고 느꼈다. 이 동네에서 제일 무서운 건 자타공인 청소년들이었다. 알코올에 중독된 사람들이 술 때문에 내는 사고는 다른 사람을 해치는 것보다 자신을 가누지 못해 일어나는 사고가 더 많지만 꼭 예닐곱 씩 몰려다니는 작지도 크지도 않은 아이들은 다르다. 그 애들의 행동 은 우선 예측이 불가능하다. 어느 날은 밤의 놀이터를 점령하고 있다 가 어느 날은 버스 정류장을, 또 어느 날은 학습지원센터로 만들어놓 은 공부방을 점령한다. 그리고 누군가 공격해야 한다면 당연히 자신 이 아닌 타인을 공격한다.

A는 피리 부는 사나이가 되어 문제의 싹으로 자라날 동네의 아이들 을 싹 모아 다 함께 펑! 자폭하면 좋겠다는 생각을 종종 한다. 럭키는 아직 어리지만 동네 아이들 중에서도 청소년급으로 거칠다고 소문이 났다. 먹고 싶은 간식이 있어도 정당하게 얻을 방법이 없으니 훔치는 수밖에 없고 친구가 되고 싶어도 방법을 모르니 폭력으로 관심을 표했 다. 바벨 타워 아파트와 휴먼하우스 단지를 할 일 없이 오가며 시비쟁 이가 되어버린 럭키를 만나게 됐다.

집 안팎 쓰레기 문제로 럭키네 이웃이 구청에 민원을 넣었다. 그리 고 정리 컨설턴트 자격증을 보유하고 있다는 조건이 작용해 A가 럭키 네 집을 담당하게 됐다. A의 차에 탄 럭키는 위 앞니 두 개가 쏙 빠져 한눈에도 개구쟁이처럼 보였다. 쌍꺼풀 없는 눈이 크고 코는 작고 낮 았다. 송아지나 사슴을 떠올리게 하는 순한 인상이어서 이 아이가 할 머니에게 막말을 하고 동네에 소문난 쬐깡(조그만 깡패라는 뜻의 별명 이다)이 맞나 의심스러울 정도였다. 아이는 아이였다. 그렇지만 아이 의 빠진 앞니 자리에 어떤 이가 날지 모르는 것처럼 이 아이의 앞으로 의 삶도 어떨지 모를 일이었다. 모를 일이니 A로서는 그냥 무관심으로 일관하면 될 일이다.

　A는 언젠가부터 계속 곧 낯선 도로에서 죽을 것이라는 예감이 들었다. 한밤의 도로는 한적했고 시속 150킬로미터도 160킬로미터도 부족하게만 느껴졌다. 속도를 가늠하지 못하고 질주하는 동안에는 매번 눈앞에 보이는 앞차를 쾅! 하고 받아버리고 싶은 유혹을 느꼈다. 사고를 당하는 그 사람은 무슨 죄인가 하는 생각도 잠시, 뭐든 다 부숴버리고 싶다는 분노가 그녀의 마음속에서 일렁거렸다.

　바다에 가면 깊은 바다에서 누가 부르는 것 같고 산에 올라가면 산 저 아래에서 누가 부르는 것 같은 착각이 일어 물에 뛰어들거나 산 아래로 떨어지는 상상을 자주 했다. 집 앞 횡단보도를 건널 때도 꼭 절벽 아래로 떨어지는 중이라는 상상을 하며 건넜다. 횡단보도를 지날 때면 흰 선과 검은 길 사이를 연속으로 추락하듯 지나갔다. A가 겨우겨우 10미터 수직의 낭떠러지를 지나고 나면 얼마 남지 않았다고 경고하며 신호등의 파란불이 깜빡거렸다.

　A는 오늘 옆자리의 럭키를 지그시 바라보며 동반자살할 동지가 생겼다는 위험한 생각으로 위안을 느꼈다. 잠든 럭키는 너무 말라 팔다리가 무척 가늘어 보였다. 할머니는 치매고 아버지는 계속 부재중이다. 혹시 엄마를 찾을 수 있을지 알아보기 위해 럭키를 데리고 모처에 있는 미혼모 시설을 찾아갔다. 아이 엄마의 정보를 얻을 수 있는 곳은 거기뿐이었다.

　어쨌든 이 차 안에서 죽지 않는다면, 이 아이에게는 지속적으로 돌

봐줄 보호자가 필요했다.

"아줌마 바벨 타워 아파트에 살죠?"

잠에서 깬 럭키가 뜬금없이 물었다.

"딱 보면 알아요. 거기 사는 사람들은 하나같이 다 재수가 없그든
요."

럭키뿐 아니라 그 동네 어린아이들에게 세상은 바벨 타워 세계와
휴먼하우스의 세계, 단둘로만 존재했다. 학교에 입학하면 첫 번째 질
문은 누구에게 듣든지 '너 어디 사니?'다. '넌 이름이 뭐니?'도 아니고
'언니나 오빠 있니?'나 '어느 유치원 다녔니?'도 아닌 '어디'가 아이의
모든 것을 대변했다. 휴먼하우스라는 대답이 돌아오면 바벨 타워 아
파트 엄마들은 자기 아이의 경호원으로 돌변했다. 그녀들은 휴먼하우
스의 아이들이 얼마나 위험한지 왜 피해야 하는지 주의에 주의를 거듭
하며 자신들이 가진 우월한 가치를 강조했다.

미혼모 시설에서 찾은 럭키 엄마의 주소는 경기도로 기록되어 있었
다. 돌아오는 길에 아이에게 아무런 희망을 줄 수 없어, 아무 말도 하
지 못했다. 그래서 시시껄렁한 질문을 했다.

"넌 왜 이름이 럭키니?"

"왜가 어디 있어요. 그렇게 지었으니까 그렇지."

"누가 지었는데?"

"아빠가요. 럭키 스트라이픈가 스트라이큰가 하는 담배를 좋아해서 럭키라고 지었대요."

마흔여덟에 인생무상을 느끼고 매일 죽을 생각을 하며 유서를 쓰는 A와 쓰레기 원정대의 손녀로 고물이 쌓인 집에서 고물처럼 사는 아이가 만나 할 수 있는 얘기는 많지 않았다. 럭키를 집으로 들여보내고 문밖에 서서 A는 생각했다. 자신의 어떤 부분이, 아이에게 재수 없게 느껴진다는 것일까?

목욕탕이라는 평등 구역

횡단보도 저편에 럭키가 서 있다. 그리고 A는 그 반대편에서 아이를 바라보고 있다. 파란불이 켜졌다고 건너가도 좋다고 시각장애인을 위한 안내방송이 나온다. 건너가도 좋다는데, A는 건너가지를 못하고 있다. 그렇게 A가 망설이는 동안 파란색 신호등은 시간이 얼마 없다고 깜빡거렸고 빨간색으로 바뀔 시간이 다가오자 럭키가 재빠르게 깡총깡총 뛰어 길을 건너왔다.

오늘 A가 럭키에게 전달해야 할 사항은 두 가지다. 하나는 할머니를 곧 치매 요양 시설로 보내야 한다는 것. 또 하나는 법정 보호자가 분명치 않으면 럭키도 아동 보호 시설에 갈 수밖에 없다는 것. 럭키의 엄마는 결국 찾을 수 없었다. 럭키 외할머니와 어찌어찌 연락이 닿았지만 딸과 연락 끊고 지낸 지 한참이라며 찾는다고 해도 인연이 다 됐다고 생각하고 다시 만날 생각이 없다고 단호하게 말했다. 그런 외가에서 럭키를 맡아줄 리 만무했고 억지로 떠넘긴다고 해도 거기서 아이가 잘 적응할 것이라는 보장은 미미했다.

A와 럭키가 함께할 마지막 행선지는 목욕탕이었다. 바벨 타워 아파트 주변에는 목욕탕이 없었지만 휴먼하우스의 끝자락에는 전설의 유황탕이 있었다. 물 좋기로 소문이 자자한 곳이었다. 유황물에 목욕을 하고 나니 불치병인 줄 알았던 피부병이 금세 치유가 되었다는 둥 딱 한 번 유황물에 몸을 담그고 있었을 뿐인데 피로 회복의 차원이 다르다는 둥 워낙 입소문이 많이 나, 바벨 타워 아파트 사람 중에도 단골이 꽤 있었다. 그러니까 그 전설의 유황탕은 바벨 타워 아파트 거주자들, 즉 휴먼하우스 혐오자들이 길 건너편에 스스로의 출입을 예외적으로 허락한 성지인 셈이었다.

A는 옷을 벗은 럭키를 데리고 목욕탕에 들어갔다. 여기서만은 누가 돈이 많은지 적은지 누가 어떤 감투를 쓰고 있는지 누가 힘이 센지 신경 쓰지 않아도 좋았다. 아무런 조건 없이 인간을 대할 수 있는 곳이어서 마음이 편했다. 그래서 주기적으로는 아니더라도 가끔 생각날 때마다 한 번씩 오곤 했다. 하지만 럭키는 목욕탕이 처음이라고 했다. 머리를 감고 대충 샤워를 하게 한 후에 탕에 들어가 보라고 했다. 물이 뜨겁게 느껴졌는지 아이는 선뜻 몸을 담그지 못하고 쭈뼛거렸다. 조금 더 시원한 탕으로 안내하니 그제야 수영장에 물놀이 온 아이처럼

물 속을 누비며 신나했다.

A는 한 눈으로는 럭키의 움직임을 쫓고 또 한 눈으로는 뿌연 거울 속 자신의 얼굴을 바라봤다. 부지런히 지우고 또 지워도 거울은 금방 흐릿해져 얼굴을 감춰버렸다. 럭키는 물속으로 사라졌다가 다시 고개 내밀기를 반복하며 놀고 있었다. 잠수 놀이 같은 걸 하는 모양이었다. 탕 물은 럭키의 가슴까지 차올랐다. 깊지 않았지만 아이가 눈에 띄지 않으면 계속 신경이 쓰였다.

목욕을 마치고 나와 A는 럭키에게 딸기우유와 구운 계란을 사 먹였다. 그러고는 목욕탕에 오는 사람들은 목욕하면서 아니면 목욕하고 나서 이런 군것질을 자주 한다는 말도 해주었다. 럭키는 작은 입속에 서둘러 계란을 밀어 넣으며 맛있게 먹었지만 부쩍 말수가 줄어들어 있었다. 아마 앞으로 듣게 될 말의 내용을 짐작하고 있는가 보았다. 다시 옷을 입히고 집을 향해 걷는 동안 럭키에게 물었다.

"내년엔 여덟 살이 되는데, 학교에 가고 싶니?"
"별로."
"넌 커서 뭐가 되고 싶니? 꿈이 있니?"
"부자."

요즘 아이들다운 평범한 대답 끝에 공무원이 되기 전 A의 꿈은 무엇이었나 생각해보았다. 생각이 나지 않았다. A도 처음부터 공무원을 꿈꾸며 자라지는 않았을 텐데. 그런 사람이 어디 있을까. 아마 동사무소에서 일하고 싶어 태어나는 사람은 없을 것이다. 그런데도 공무원 시험의 경쟁률이 그렇게 높은 것은 꿈이 아니라 현실을 좇는 사람들이 그만큼 많다는 뜻일 거다. 부자가 되고 싶은 럭키도 좋든 싫든 내년이면 학교에 가게 될 것이다. 그리고 어쩌면 곧 시답잖은 꿈을 갖게 될지도 모른다.

홈런을 위한 꿈의 스트라이크

일곱 살의 럭키가 있는 지금 그 아파트에 열여섯의 A가 있었다. 남편 없는 A의 엄마가 가진 소원은 자식들이 그저 공무원만 돼서, 나라 편에 서서, 평생 밥벌이를 하는 것이었다. 하지만 하나 있던 엄마의 아들은 술 먹고 운전한 동네 불량배의 오토바이에 치여 죽었다. 사고 당시 오빠의 나이는 열여덟이었다. 오빠가 죽은 후 바벨 타워 아파트에 살던 아이들로부터 지겹게 왕따를 당하던 A는 매일 교복 치마 허리에 주머니칼을 차고 등교했다. 그때 A의 집을 담당하던 젊은 사회복지사에게 간절히 부탁했었다. 죽여달라고. 정말 죽고 싶다고. 돈도 없고 그리 건강하지도 않은 데다 나아질 그 어떤 요소도 발견하지 못한 열여섯 살 여자아이가 떠올릴 수 있는 손쉬운 선택이었다. 죽지 못해 살던 A의 엄마는 죽을 때까지 휴먼하우스를 떠나지 못했다. 골상이 아마 그리 정해졌었던 모양이다.

10미터 거리의 길을 건너 경기도에서 서울로 옮겨 가기까지 30년이 넘게 걸렸다. 30년, 그만큼 견디니 융자를 끼기는 했지만 A도 서울에 집을 갖게 되었다. 세상에 대한 악의로 꽉 차 있던, 쫙 째진 눈의 여자아이는 어른이 돼 사회복지사가 되었다. 언젠가 속으로는 자신을 구원해주길 바라고 겉으로는 죽여주길 바라며 울며 애원하며 매달렸던 어린 날의 구원자가 가진 직업이었다. 이제 A는 매일매일 직장인 학교 앞 2층 주민센터와 바벨 타워 아파트 사이를 오간다. 어릴 땐 검은 강처럼만 보여 건널 때마다 위축되던 횡단보도를 건너가고 건너오며 지낸다. 그럼 이제 살 만해진 것일까.

앞니는 갈수록 벌어지고 있고, 생산하지 않은 자궁은 늙어 폐업을 신고했는데 섹스 노동에 헌신한 것마냥 종아리는 오다리로 벌어졌다. 거울을 볼 때마다 다리는 더 짧아지고 허리는 더 굵어지고 있으며, 머리통이 점점 커지는 걸 느낀다. 아무리 발버둥을 쳐도 변하지 않는 것은 변하지 않는 걸까. A로서는 지문이나 손금 같은 것 아니면 주름이나 몸의 비율 같은 것. 태어날 때 정해졌거나 결말을 예비한 채로 성장과 노화를 겪는 신체 기관을 부정할 길이 없었다. 외면이라도 할 수 있다면 좋겠는데, 외면하려는 눈조차 주름져 내려와 시야를 가린다.

럭키는 결국 아동보호소에 들어가기로 결정됐다. 아니다. 어쩌면 럭키는 내일이라도 쾅! 누군가를 처박기 위해 달리는 A의 동반자가 될지도 모른다. 불특정 다수를 적으로 삼고 맹렬히 추격전을 펼치다가 사람 없는 바다나 호수 같은 곳으로 무참히 처박힐지도 모른다. 럭키는 그 순간 신을 향해 기도할지도 모른다. 살려달라고. 살고 싶다고. 그래서 살아 있는 것 자체를 횡재라고 여기며 살게 될지도 모른다. 스트라이크 존(zone)에 볼이 들어가야 제대로 칠 기회를 얻을 수 있다.

그런데 때로 스트라이크 존이 너무 좁고 가파른 경계 구역으로 정해지는 인생도 있다. 그래도, 언젠가 홈런을 칠 수 있을 거라고 기대하며 계속 볼을 쳐야 하는 것일까? 왠지 빠지고 나서 아직 다시 나오지 않은 럭키의 새로운 앞니가 궁금하다. 미래의 럭키를 보고 싶다. ⚡

당신의 거울은?

정재림

1

소설을 읽는 즐거움은 '사람을 만나는 즐거움'이다. 우리는 실제 세계에서도 사람을 만난다. 실제 세계에서는 우리는 우리와 상당히 비슷한 사람과 만나기 마련이다. 하지만 소설에서는 다르다. 실제에서라면 만나지 못할 로맨틱한 사람이나 천재적인 사람을 만날 수 있다. 잘생긴 영화배우를 만날 수도 있고, 나를 포복절도하게 할 개그맨을 만날 수도 있다. 고리타분한 사람을 만날 수도 있고, 혁명적인 인물을 만날 수도 있다.

이청의 『럭키, 스트라이크』도 우리에게 사람을 만나는 즐거움을 선사한다. 그런데 밝고 상큼하고 발랄한 사람을 기대하기는 어렵다. 작가 이청은 우리에게 좀 낯선 인물들을 소개해준다. 그들은 어딘가 좀 어두운 사람들이다. 그들은 독특하고 특이하다. 그래서 그들과 직면하게 되면 우리는 낯설고 조금은 불편하다는 느낌을 받는다. 하지만 그 낯섦과 불편함은 기이한 타자로 인한 감정이라기보다 내 속에 꽁꽁 숨겨둔 나를 만날 때의 불편함에 가깝다.

　그들의 이력이나 직업을 보자면, 이들이 그렇게 독특한 것은 아니다. 그들은 단추 공예를 하는 자영업자이거나, 공무원 시험에 합격한 사회복지사거나, 아이의 부재에 대해 두려움을 느끼는 가정주부이다. 물론 점성술사나 트랜스젠더와 같이 흔치 않은 캐릭터가 등장하기도 한다. 덤덤한 표정의 이들에게는 어떤 아픔과 상처가 있지만, 작가는 그 상처를 꼬치꼬치 추적하는 데 관심이 있지는 않다.

　예를 들어, 「칠교」를 보자. 이 소설은 아내의 실종으로 시작한다. 알지 못하는 사람으로부터 문자 메시지가 전송되고, 메시지를 따라가면 죽은 아내의 신체 일부를 찾게 된다. 소설을 다 읽어도 누가, 왜 아내를 죽였고 왜 나에게 이런 지시를 하는지 말끔하게 해명되지는 않는다. 아내의 신체 조각, 나의 흐려진 기억의 조각에 의하면, 이것이 한 여성의 상처와 연관되었음을 짐작해볼 따름이다.

2

　스탕달은 소설을 거울에 비유했다고 한다. 이청의 소설도 거울이다. 하지만 이 거울은 피사체를 똑바로 비춰주는 거울은 아니다. 작가는 대상의 일부를 크게 혹은 작게, 왜곡하고 과장해서 보여주는 거울을 선호한다. 또한 이 거울은 인물의 내면, 아니 독자의 내면을 보여주기를 즐긴다.

　앞서 말했지만, 이청이 주목하는 인물들은 밝은 성격의 소유자, 사회적인 인간이 아니다. 단추 카페를 경영하며 독특한 방식으로 사람들을 만나는 주인공(「단 : 추」), 아이를 잃어버릴 두려움 때문에 아이에게 생체 칩을 이식하는 인물(「투명한 숨바꼭질」), 강박적 행동을 하는 인물(「G」), 「럭키, 스트라이크」의 소위 문제적 아동 등등. 이들은 관계 맺기에 서툰 사람, 아니 관계나 소통에 아예 관심이 없는 사람처럼 보이기까지 한다.

이들은 비-정상적이라고 부를 이유는 없다. 어쩌면, '비정상'이라는 호명 자체가 경계 안에 존재하려는 사람들이 만들어내는 배타 의식일 수 있기 때문이다. 작가는 이들을 정상 또는 비정상으로 선규정하려는 데는 관심이 없어 보인다. 선입견이나 관념으로 재단하기보다는 '이런 사람이 있다'는 객관 화법으로 이들을 보여주는 데 주력하는 듯하다. 그래서 역설적으로 왜곡된 거울에 비친 이들의 모습은 과장이 아니라 실사(實寫)에 근접한 것인지도 모른다.

하지만 독자로서 우리는 이들의 상처가 어디에서 비롯된 것인지 의문을 갖게 된다. 작가의 거울은 인물의 폐쇄된 내면을 집중적으로 비춘다. 그래서 독자로서는 작가의 렌즈를 따라 인물의 상처에 시선을 고정하고, 그러다 보면 이 상처가 개인적 독특성에 기인한 것이라고 생각하지 않을 수 없다. 가령, 「단 : 추」의 주인공은 왜 집 밖으로 뛰쳐나갔는지, 왜 범상치 않은 방식으로 사람들과 관계를 맺는지 설명되지 않는다. 우리는 그저 이것이 인물의 독특성이라고 짐작할 뿐이다.

3

다시 말하지만, 이청 소설의 인물들은 범상치 않다. 이들의 행위가 평범하다고 생각하기는 쉽지 않다. 독자는 '이들은 왜 이렇게 되었지?'라고 의문을 갖지만, 작가는 쉽게 답을 해주지 않는다. 어떤 사회적 요인이나 인과 관계를 제시하는 식의 섣부른 재단을 하지 않는다. 이 점에서 작가는 진지하고 신중한 관점을 유지하는 듯하다. 심리학이나 사회학, 정신분석학의 이론들은 우리를 손쉬운 인과론으로 유도한다. 이것의 원인은 이것이군, 저 사람은 저래서 저렇게 됐군. 하지만 이러한 판단은 오인, 오해, 또는 폭력일 가능성이 크다.

　그런 점에서 「럭키, 스트라이크」는 좀 다른 느낌을 주는 소설이다. 소설의 주인공 A는 사회복지학과를 졸업하고 사회복지직 공무원이 되었다. 처음에는 성스러운 마음으로 전공을 선택했지만, 건조한 직업 의식으로 사회복지 업무를 한 지 오래다. 취직을 하고 돈을 모았고 자동차 한 대와 아파트 한 채를 가졌다. 이제 마흔여덟 살이 되었다. 주인공은 자신의 삶이, 여성으로서의 삶이 끝났다고 생각한다. 그녀는 모든 것을 다 부숴버리고 싶은 충동을 느끼기도 한다.

　삶의 의미를 찾지 못하는 A의 눈을 통해 일곱 살짜리 럭키라는 아이를 보여준다. 럭키의 아빠는 전과자다. 럭키는 할머니 손에서 자라지만 할머니는 아빠의 친모는 아니다. 할머니마저 치매가 있어서 럭키를 보호할 어른이 없다. 럭키와 할머니는 복지 사각지대에 놓인 인물들이다. 할머니는 부유한 윗동네에 쓰레기를 주우러 다니고, 럭키는 할머니에게 무지막지한 욕설을 내뱉고 일탈을 한다.

　「럭키, 스트라이크」에는 인물의 내면뿐만 아니라, 인물을 둘러싼 주위 환경이 넓게 조망된다. 횡단보도를 가운데 두고 부자 아파트와 가난한 동네가 마주한 장면, 노화를 거스르는 부유한 동네의 노인과 노추(老醜)를 고스란히 뒤집어쓴 가난한 동네의 노인이 대조된다. 시야가 넓어짐에 따라, 독자는 럭키의 욕설과 일탈이 어디에서 비롯되는 것인지를 조금이나마 짐작하게 된다. 이 소설은 소설집 맨 마지막에 실린 작품이다. 그런 이유로, 이후 작가의 시야가 사회적인 것으로 확장되지는 않을지 기대해본다.

'골상학적 운명론'대로, 우리는 우리의 운명을 벗어나지 못할지도 모른다. 결론을 다 알아버린 드라마를 보듯, 어쩔 수 없이 살아내야 하는 삶일지도 모른다. 스트라이크 존이 너무 좁은 게 진실일지도 모른다. 하지만 "아직 다시 나오지 않은 럭키의 새로운 앞니가 궁금"하듯, 또 럭키를 기대하는 것이 또한 인생일 것이다.

이청의 첫 소설집 『럭키, 스트라이크』는 독자에게 심상한 표정의 독특한 인물을 만나는 즐거움을 선사한다. 독자는 이들의 심상하고 덤덤한 표정을 바라보다가, 문득 그 표정 아래로 그들의 상처나 결핍, 아픔을 함께 공유한다. 이청의 다음 소설에는 또 어떤 인물이, 어떤 사연을 품고 다가올지 기대해본다.

鄭在琳 ǀ 문학평론가